Chis y Garabís

Finalista del premio El Barco de Vapor 1986

Paloma Bordons

ediciones **sm** Joaquín Turina 39   28044 Madrid

Primera edición: abril 1987
Decimoctava edición: octubre 2003

Colección dirigida por Marinella Terzi
Ilustraciones: Ana López Escrivá

© Paloma Bordons, 1987
© Ediciones SM
   Impresores, 15
   Urbanización Prado del Espino
   28660 Boadilla del Monte (Madrid)

ISBN: 84-348-2206-7
Depósito legal: M-38174-2003
Preimpresión: Grafilia, SL
Impreso en España/*Printed in Spain*
Imprenta SM - Joaquín Turina, 39 - 28044 Madrid

A José Luis, María Teresa y Álvaro (según orden de aparición en escena).

1 Os hablo de Chis y Garabís

EN algún punto o, mejor dicho, en dos puntos del inmenso océano Atlético, no lejos de las penínsulas de Oste y Moste, se encuentran las minúsculas islas de Chis y Garabís, donde transcurre esta historia.

La forma más fácil de llegar a Chis y Garabís, y la única que conozco, es por casualidad. Por casualidad llegué yo un día. Pero otro día me marché, también por casualidad, y ya no he sabido regresar.

Durante el tiempo que estuve entre los chisinos y los garabisinos, me contaron esta historia. Tal como me la contaron os la cuento, y os ruego que si alguno de vosotros sabe de un medio de llegar a Chis y Garabís que no sea por casualidad —mejor si es barato—, me lo diga. Me gustaría mucho volver, y además olvidé allí mi cepillo de dientes.

EMPEZARÉ la historia hablándoos de la isla de Chis.

Por aquel entonces, en Chis reinaba el rey Manolo. Manolo vivía con su esposa la reina Andrea y su hijo Nicolás en un palacio tan pequeño que casi no se podía llamar palacio. En Chis todo era muy pequeño por falta de sitio.

En palacio servía un único criado, Blas. Bueno, servir no es la palabra exacta, porque no servía para nada más que para dormir. La verdad es que estaba allí porque a la reina Andrea le parecía bochornoso que pudiera existir un palacio sin un solo sirviente.

La tierra de Chis era excelente; nunca vi una tierra tan fértil. El clima de Chis tampoco estaba mal: seis días a la semana lucía el sol, y los jueves llovía. Desde que se inventaron los jueves, ni un solo jueves había dejado de llover en Chis.

Supongo que por ese clima y ese suelo, los huertos de Chis, aunque muy pequeños, eran los mejores del mundo. Crecían unas ciruelas tan enormes, que con una sola se atiborraba hasta el más glotón; las cebollas eran de tal calibre, que

8

al picar una lloraba todo el pueblo; los melones había que transportarlos en carretilla... ¡Aquello era una exageración!

Chis era tan pequeña como grandes eran sus frutos. Para que os hagáis una idea de lo minúscula que era la isla, os diré que, cuando el rey dormía con la ventana abierta y se ponía a roncar —lo cual sucedía a menudo—, nadie en el pueblo podía pegar ojo. Por lo menos hasta que la reina Andrea no tomaba cartas en el asunto.

—¡Manolo! —le decía sacudiéndolo—. ¡Nos vas a dejar a todos sordos!

Entonces el rey Manolo gruñía un poquito, daba media vuelta, dejaba de roncar y seguía durmiendo como un bendito.

UN DÍA, el rey Manolo, que además de rey era muy razonable, decidió que era demasiada responsabilidad reinar él solo, aunque fuese en una isla tan pequeña, y quiso formar un parlamento. Así los súbditos podrían decidir sobre sus propios asuntos. Como eran tan pocos, todos los adultos de Chis fueron elegidos parlamentarios, e incluso sobró un escaño, porque Fermín dijo que la política era un asco y renunció a su puesto.

Todos los problemas de Chis se solían resolver con la misma facilidad que el de los ronquidos del rey Manolo. Así pues, la vida en Chis transcurría feliz y apacible, al menos hasta que comenzaron los acontecimientos que relataré en mi historia.

A UN TIRO DE PIEDRA de la isla de Chis estaba la isla de Garabís. Garabís también tenía su rey, el rey Agapito, unos pocos súbditos y su lluvia los jueves. En Garabís, en cambio, no había huertos, sino un espeso bosque, un río lleno de peces y un prado increíblemente verde con un montón de vacas, muy hermosotas ellas. Los habitantes de Garabís vivían de la madera, de la pesca y de las vacas, e intercambiaban sus productos con los de Chis.

Lo que más diferenciaba a Chis de Garabís eran sus reyes. El rey Agapito vivía en un palacio grande y señorial. No roncaba, porque pensaba que roncar es indigno de un rey. Le gustaba dar órdenes, que le hicieran reverencias y salir al balcón de palacio todos los sábados a las doce en punto para que le aclamaran sus súbditos.

A los habitantes de Garabís les daba un poco de pena el rey Agapito.

—¡Vaya aburrimiento tener que reinar todo el día! —comentaba uno.

—¡Y encima, aguantar a la reina! —decía otro—. ¡Pobre Agapito!

E iban todos los sábados a aplaudirle un rato, para compensarle un poco de la desgracia de ser rey.

2 *Una reina caprichosa*
   y otras cosas

EL rey Agapito estaba casado con la reina Matilde. La quería con locura. Creo que era el rey más enamorado del mundo. Los vecinos de Garabís, que eran muy aficionados a poner motes, le llamaban Agapito Sesosorbido.

La reina Matilde tenía mucho genio y era terriblemente caprichosa.

—Agapito —decía la reina—, quiero una fiesta con fuegos artificiales.

Agapito buscaba a los mejores pirotécnicos y la reina tenía su fiesta.

—Agapito, quiero un abrigo de oso polar.

—Pero mujer, si aquí no hay osos polares...

La reina Matilde miraba a su marido con ojos furibundos y el rey Agapito mandaba al Polo una expedición, que volvía con el abrigo de la reina.

—Agapito, quiero que dos más dos sean cinco.

El rey mandaba publicar un decreto por el cual, desde aquel día, en Garabís, dos más dos eran cinco.

—Agapito, quiero un helado de cardos borriqueros —dijo un día la reina.

El rey Agapito mandó llamar a los mejores cocineros y magos. Al ver que ninguno conseguía un helado de cardos aceptable, puso él mismo manos a la obra. Y como dicen que el amor todo lo puede, consiguió un helado para chuparse los dedos.

—Agapito, quiero un loro que hable en ruso.

—Agapito, quiero un vestido de ala de mariposa.

—Agapito...

El rey Agapito siempre lograba complacerla. Como los caprichos de la reina Matilde eran tan caros, el rey Agapito cobraba a sus súbditos impuestos cada vez más altos, y aun así estaba endeudado hasta las orejas.

HASTA QUE, UN DÍA, la reina Matilde dijo:

—Agapito, el jueves que viene es mi cumpleaños y no quiero que llueva.

—¡Pero Matildita! —exclamó el rey Agapito, angustiado—. ¡Desde que el mundo es mundo, en Garabís siempre ha llovido los jueves!

—Pues tú verás lo que haces —repuso la reina Matilde—. Pienso dar una fiesta en el jardín, y si llueve se me quitará la permanente.

El rey Agapito mandó llamar a astrólogos, astrónomos, meteorólogos, magos, niños prodigio, bomberos...

—Veremos lo que se puede hacer —dijeron todos.

Y llegó el jueves. La reina salió al jardín y le cayó encima un chaparrón. Se murió del berrinche.

Ése fue el último jueves que llovió en Garabís. Y tampoco volvió a llover ningún otro día de la semana. La nube gris de todos los jueves llegaba puntualmente a Chis y dejaba caer una buena lluvia, pero no se dignaba acercarse a Garabís, y enseguida se marchaba por donde había venido. Estaba muy ofendida.

DESDE AQUEL JUEVES, el rey Agapito pasó de ser el rey más enamorado del mundo a ser el rey más triste del mundo, con el nombre de Agapito Caralarga. Y también el más gordo: para ahogar su tristeza, el rey comía sin parar. La comida y su hija Marieta eran sus únicas ilusiones.

Marieta tenía tanto carácter como su madre, y era casi tan caprichosa como ella, quizá porque su padre nunca le había dicho «no» a nada desde que la princesita aprendió a pedir.

«¿Y si le llevo la contraria y le pasa como a su madre, mi buena Matilde?», pensaba angustiado el rey Agapito. Y rezaba por que a la princesa Marieta no se le ocurriera hacer peticiones muy descabelladas.

Afortunadamente, Marieta, además de ser la princesa más consentida del mundo, era bastante realista, y sus caprichos resultaban pan comido para el rey Agapito, que ya era todo un experto en caprichos.

—No quiero lentejas —decía Marieta mirando su plato con cara de asco.

Y no comía lentejas.

—Quiero un día al revés —exigía Marieta con voz chillona.

Y al día siguiente todo el mundo en Garabís se levantaba al ponerse el sol y se acostaba al amanecer.

Estos caprichos servían para entretener a la princesa Marieta, que de otro modo se hubiera aburrido muchísimo, porque su padre no quería que jugara con los niños de su edad.

—Una princesita no debe mezclarse con niños cualquiera —decía el rey Agapito.

Y como todos los niños en Garabís eran niños cualquiera, Marieta se pasaba el día sola o haciendo barrabasadas entre las personas mayores.

Marieta no iba a la escuela con los demás niños. Tenía un profesor particular, don Benito, el mismo que tuvo su padre de niño. Don Benito era viejo, viejísimo. Durante las clases, cuando se hartaba de las impertinencias de Marieta, se echaba una siestecita. Entre cabezada y cabezada explicaba a Marieta lo que aún recordaba de ciencias naturales, de historia y de matemáticas, que no era mucho.

3 Problemas en Garabís

A todo esto, ya llevaba muchos jueves sin llover en Garabís y las cosas empezaban a ponerse feas. El pasto estaba seco, las vacas tenían hambre y el río apenas traía agua.

Un día se presentó ante el rey Agapito un emisario del vecino reino de Oste.

—Vengo a cobrar vuestra deuda. Nos debes noventa mil flings.

El fling era la moneda que usaban en Chis y Garabís.

—¿Noventa mil? —exclamó aterrado el rey Agapito.

—Sesenta mil que os prestamos más treinta mil de intereses —explicó el emisario.

Como veis, en Oste eran algo usureros.

—No tengo dinero —musitó el rey Agapito y agachó la cabeza compungido, de tal forma que su corona rodó por el suelo y se abolló.

—Tendremos que talar tu bosque a

cambio —repuso el emisario de Oste—. No podemos esperar un día más.

El emisario mandó llamar a sus hombres y talaron todos los árboles del bosque de Garabís.

OTRO DÍA llegó un emisario de Moste.

—Vengo a cobrar vuestra deuda de sesenta mil flings.

—¿Sesenta mil flings? —exclamó el rey.

—Cuarenta mil más veinte...

—Sí, ya sé —dijo el rey Agapito con voz cansada—. Cuarenta mil más veinte mil de intereses.

—Eso.

Como veis, los del reino de Moste eran también bastante usureros.

—No tengo dinero —musitó el rey Agapito, tan cabizbajo que se le volvió a caer la corona y se abolló de nuevo.

—Entonces tendré que llevarme todas tus vacas.

El emisario llamó a sus hombres y se llevaron todas las vacas del reino.

Así fue cómo el reino de Garabís, después de quedarse sin reina y sin lluvia, se quedó también sin árboles, sin pasto, sin vacas, sin río y sin peces.

Y como era de esperar, empezaron a surgir problemas muy gordos.

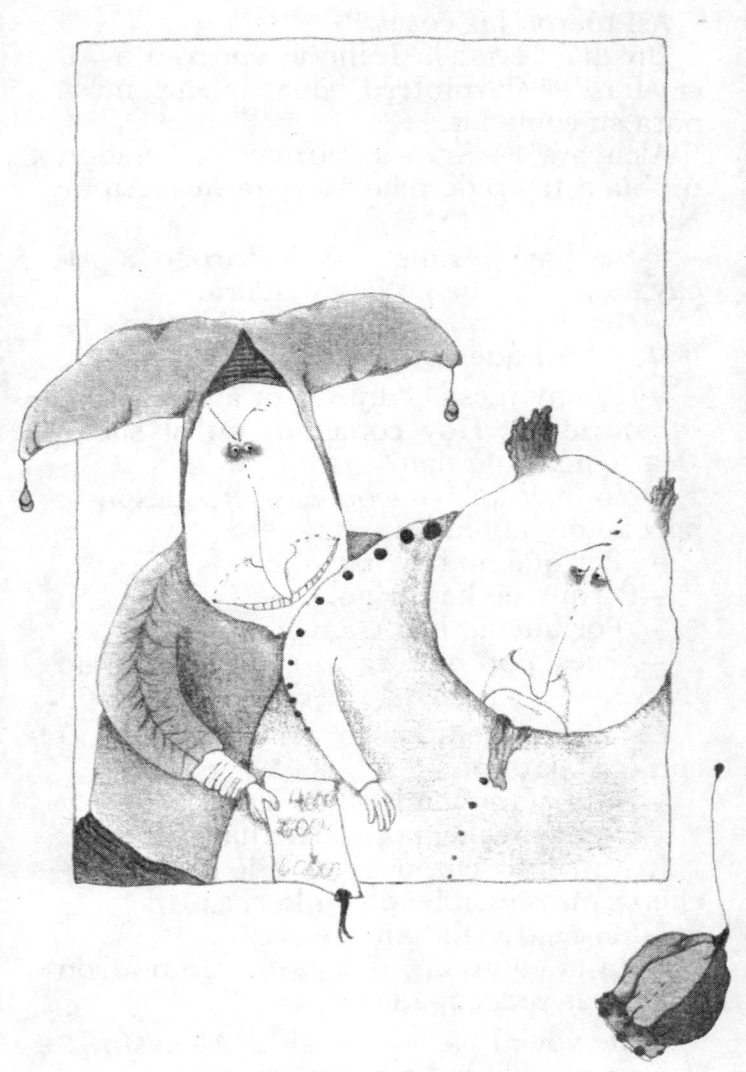

Así fueron las cosas:

Un día, Nata, la lechera, encargó a Alcayata, el carpintero, una buena mesa para su comedor.

Alcayata encargó a Tarugo, el leñador, un buen trozo de madera para la mesa de Nata.

—No hay bosque —dijo Tarugo a Alcayata—, así que no hay madera.

—No hay madera —dijo Alcayata a Nata—, así que no hay mesa.

—No hay mesa —dijo Nata a Requesón, su marido—. Hoy comemos en el suelo. ¿Has comprado pan?

—No hay pan —contestó Requesón—, porque no hay harina.

—¿Por qué no hay harina?

—Porque no hay trigo.

—¿Por qué no hay trigo?

—¿Pues por qué va a ser? Porque no llueve.

En ese momento entró en la casa Mocasín, el zapatero.

—Nata, dame un litro de leche.

—No hay leche, porque no hay vacas.

Justamente entonces el hijo de los lecheros entró corriendo en la casa.

—Mamá, tengo hambre.

Nata, Requesón y Mocasín se miraron con caras preocupadas.

—Me voy al bar —dijo al fin Mocasín.

Y se fue dando un portazo.

EN DOS ZANCADAS, Mocasín llegó al bar del pueblo.

—Una cerveza, Cogorza —pidió al dueño del bar.

—No hay cerveza.

—¿Por qué no hay cerveza?

—Porque no hay cebada.

Mocasín se puso todavía más triste de lo que estaba, y es que le gustaba mucho la cerveza. Se apoyó en la barra y miró a su alrededor. De pronto se dio cuenta de que en el bar estaba reunido casi todo el pueblo.

—¡Por los botines de mi abuela! —exclamó Mocasín—. No os había visto. ¡Como estáis tan callados...!

Los garabisinos le miraron con cara lánguida y no dijeron ni «mu».

—¿Cómo es que no estáis trabajando a estas horas? —insistió Mocasín.

—No tenemos trabajo —respondió el fontanero.

—¿Cómo es eso? —preguntó Mocasín.

—No hay carne —dijo Ternera, la carnicera.

—No hay papel —dijo Plomo, el poeta.

—No hay flores —dijo Geranio, el jardinero.

—Nadie me invita a comer —dijo Pachorro, el vago.

—No llueve —dijo Goteras, el paragüero.

21

—No hay dinero —dijo Pelas, la banquera.

Y se volvieron a quedar todos callados.

—Esto no puede seguir así. ¡Hay que hacer algo! —exclamó de pronto el vago de Garabís.

—¿Qué? —preguntaron ansiosos todos los demás.

—¡Ah! ¡Eso vosotros sabréis! Yo soy el vago del pueblo.

AQUEL DÍA, los habitantes de Garabís estuvieron reunidos horas y horas en el bar. Ya atardecía cuando regresaron a sus hogares. Y estaba alta la luna cuando todos dejaron sus casas, cargados de bártulos, y se dirigieron al embarcadero.

Leopoldo, el barquero, que dormitaba en su barca, se despertó sobresaltado.

—Tienes que llevarnos a todos a Chis —le dijeron.

La barca de Leopoldo era el único medio de transporte entre Chis y Garabís.

—¿A todos? —dijo asustado Leopoldo abriendo unos ojos como platos.

—A todos.

La barquita pasó toda la noche viajando entre las dos islas. Al día siguiente, Leopoldo tenía unas agujetas imponentes en los brazos.

4 Los garabisinos emigran

ESA misma mañana, muy temprano, Mocasín, el zapatero de Garabís, se presentó en el palacio del rey Manolo.

—Pasa, pasa —le invitó la reina Andrea—. Manolo está en el lavabo.

Y llevó a Mocasín ante el monarca de Chis.

El rey Manolo se estaba lavando los dientes.

—¡Cadamba, Moaín, eaado e vedte! —dijo mientras frotaba sus dientes con gran decisión.

Mocasín no entendió muy bien el saludo, pero le correspondió haciendo una gran reverencia, como las que le gustaban al rey Agapito.

—¿Qué te pasa, Mocasín? ¿Se te ha desatado el cordón del zapato? —preguntó extrañado el rey Manolo, que no estaba acostumbrado a esos protocolos.

Mocasín se enderezó de golpe y se puso como la grana.

—Yo..., esto... —balbució.

—Gagagagaaaa ga ga —el rey Manolo estaba haciendo gárgaras.

—... Ejem... ¿No sería mejor que volviera en otro momento? —preguntó Mocasín muy azorado.

—No, hombre —aseguró el rey Manolo palmoteándole en la espalda—. Ven a desayunar conmigo.

En la cocina, delante de un tazón de leche caliente, Mocasín se atrevió por fin a formular al rey Manolo su petición.

Al oírla, al rey Manolo se le abrieron unos ojos como platos.

—¿Que os queréis quedar aquí... todos? —exclamó.

—Sí —dijo muy bajito Mocasín.

El mayor problema del rey Manolo era que no sabía decir que no a nada.

—Comprendo que la situación en Garabís es muy grave —empezó a decir mientras se rascaba la barbilla. Y luego continuó como hablando consigo mismo—: Hay hambre... Sin bosque... ¡Caramba! ¡Esos ladrones de Oste y Moste...! Qué lástima... Pobre Agapito... En fin... Caramba, caramba...

Mocasín no entendía ni jota.

El rey Manolo dejó de rascarse la barbilla.

—Si os queréis quedar aquí, por mí no hay inconveniente —dijo al fin—. Pero tendré que consultarlo en el parlamento

—y empezó a vociferar—: ¡Blas! ¡Blas! ¡Blaaas!

Pero Blas, el criado de palacio, no aparecía por ninguna parte. Apareció en cambio la reina Andrea.

—No seas escandaloso, Manolo —riñó a su marido.

—Necesito que Blas convoque ahora mismo asamblea general —repuso el rey Manolo.

—Si tenemos que esperar a ese fresco, estamos listos. Yo misma la convocaré.

Y cogiendo una cazuela y su tapadera, la reina Andrea se asomó a la ventana y empezó a golpearlas una contra otra con todas sus fuerzas:

¡CLAANG, GLANG, CLAAANG!

A los dos minutos, todo Chis estaba a la puerta de palacio. La asamblea se celebró allí mismo. El rey Manolo abrió la sesión:

—Os he convocado para que decidáis si hemos de dar permiso a los habitantes de Garabís para que se queden a vivir en nuestra isla.

Se oyó un murmullo de comentarios entre los parlamentarios. Todos conocían los problemas que había en Garabís, pero...

—¡No hay espacio suficiente para todos! —protestó una voz.

—¿De qué vivirán? —preguntó otra.

—¡No hay comida para todos! —exclamó una tercera.

—Bien, bien —dijo el rey—. Sé que los

inconvenientes son muchos. Si se quedan, viviremos algo apelotonados y comeremos un poco menos. Pero necesitan nuestra ayuda, ¡qué caramba! Vosotros veréis... Aunque el pobre Agapito... Qué tristeza... Allí solo... Y Marieta... ¡Ay, caramba!

Y empezó a rascarse la barbilla otra vez. Cuando el rey Manolo se rascaba la barbilla, siempre acababa diciendo cosas incomprensibles, como ya hemos podido comprobar.

—¡Bueno! —interrumpió don Anselmo, el maestro de Chis—. ¿Qué pasa? ¿Se quedan o no se quedan? ¡El que diga «sí» que levante la mano! —y levantó la mano.

Los chisinos dudaron. Luego, tímidamente, se alzaron aquí y allá unas manos, luego más, y, finalmente, todos los asistentes alzaron las manos muy arriba. Fue como si a un árbol le brotaran en un momento todas las hojas.

El rey Manolo se sintió orgulloso de sus conciudadanos.

Leopoldo, desde su barca, lanzó un gran suspiro: ¡gracias a Dios no tendría que devolver a todo el pueblo de Garabís a casa!

EL REY AGAPITO no se enteró de la emigración de los habitantes de Garabís hasta el día siguiente. Toda la tarde anterior había estado muy ocupado preparando un helado de cardos, su especialidad, que le había pedido Marieta.

Era sábado, y, como todos los sábados, a las doce en punto, el rey abrió de par en par las ventanas del balcón para dirigirse a su pueblo.

—¡Queridos súbditos! —empezó—. En este día radiante...

En este punto del discurso generalmente se oían aplausos, que en los últimos tiempos iban siendo cada vez más débiles. Pero esta vez sólo se oyeron cuatro o cinco palmadas.

El rey Agapito miró asombrado a la plaza. Estaba desierta. En un rincón, la princesa Marieta seguía aplaudiendo.

—¿Qué pasa, Marieta? —preguntó el rey Agapito—. ¿Me he equivocado de hora? ¿De día tal vez? ¿Dónde están todos?

—Se fueron, papá —respondió Marieta.

Ella sí los había visto partir la noche anterior, desde la ventana de su cuarto. Había llorado mucho.

—¿Adónde? —preguntó el rey Agapito.

—A Chis.

—¡Lo sabía! ¡Ese bellaco de Manolo me ha robado mis súbditos! ¡Los ha engatusado! ¡Seguro!

—No, papá. Él no fue. Se fueron porque pasaban hambre y no tenían trabajo.

Marieta llevaba ya algún tiempo observando lo que sucedía en Garabís, y había llegado a la triste conclusión de que quizá su padre no era tan buen rey como ella creía.

El rey Agapito se lamentaba tirándose de los pelos:

—¡Mis súbditos! ¡Mis queridos súbditos! ¡Rey de una isla deshabitada! ¡Oh, pobre de mí...!

Un grueso lagrimón rodó por su mejilla y fue a caer sobre la seca arena de la plaza, que se lo bebió al instante muy agradecida.

5 Chisinos y garabisinos se tiran de los pelos

Y entretanto, ¿cómo iban las cosas en la superpoblada isla de Chis? Ahora veréis.

Al acabar la asamblea, los habitantes de Chis repartieron a los garabisinos provisionalmente entre sus casas. Los primeros días las cosas fueron bien: los garabisinos se sentían tan agradecidos y los chisinos tan generosos que todo eran buenas maneras, «porfavores» y «gracias». Pero cuando creció la confianza entre los dos pueblos, surgieron los primeros roces.

EL PRIMER PROBLEMA fue a causa de la manía de los de Garabís de poner motes a todo el mundo. A la semana, todos los de Chis tenían mote propio. Ni el rey Manolo se salvó.

A la mayoría de los chisinos eso de los

motes les parecía una falta de educación. En cambio, para los garabisinos emplear motes era lo más normal y casi se ofendían si se les llamaba por su verdadero nombre.

Un día, el rey Manolo fue a comprar a la carnicería de Doro, recién apodado «el Chuletas».

—¿Quieres saber cómo te llaman esos golfos de Garabís, majestad? —le preguntó Doro muy exaltado.

—¡Caramba! ¡Pues claro! —dijo el rey.

—Pues te llaman, con perdón, el rey Caramba.

El rey frunció el entrecejo, dispuesto a enfadarse muchísimo. Pero enseguida lo pensó mejor.

—Bien mirado... ¡Caramba!... Tiene gracia. Sí, señor, por supuesto que la tiene. Je. Es gracioso. Je, je. ¡Caramba! Ji, ji, ji. JO, JO, JUA, JUA. ¡Caramb... JO, JO, JO! ¡JI, JI! ¡JE, JE, JE!

El rey Manolo salió de la carnicería riéndose a carcajadas. Se olvidó de pagar la carne.

El carnicero se quedó pensando:

—Veamos: «Chuletas». ¿Tiene gracia?

Pero por muchas vueltas que le dio, no le encontró maldita la gracia. Y lo mismo les ocurría a otros muchos habitantes de Chis con sus apodos respectivos.

EL SEGUNDO ASUNTO que enfrentó a chisinos y garabisinos fue el trabajo. Cuando llevaban siete días en Chis, los garabisinos empezaron a sentirse inquietos, aburridos y preocupados. ¡Tenían que ganarse la vida de alguna forma!

La primera que solucionó el asunto fue Cachopán, la panadera de Garabís. Con unos ahorrillos que tenía, abrió una pequeña panadería justo enfrente de la panadería de Simón, ahora apodado «el Migas», panadero de Chis.

Para empezar, Cachopán puso el pan medio fling más barato que Simón. Su panadería se llenó de gente y la del Migas quedó vacía.

—¡Qué caradura! ¡Pues ahora verá! —exclamó el Migas.

Y al día siguiente puso el pan medio fling más barato que el de Cachopán, y todo el mundo compró en su panadería.

Al día siguiente fue Cachopán la que rebajó los precios.

Y al otro, de nuevo Simón.

Y de nuevo Cachopán.

Simón.

Cachopán.

Simón...

El noveno día el pan fue gratis en las dos panaderías. Luego, los dos panaderos salieron a la puerta de sus tiendas, se miraron amenazadores y se liaron a bofetadas.

Al día siguiente no hubo pan en Chis. Simón y Cachopán se quedaron en la cama, magullados y enfadadísimos.

ALGO PARECIDO a esto pasó con el resto de los oficios. Nació lo que se llama la competencia, algo que nunca hasta entonces había existido en Chis ni en Garabís.

Los únicos chisinos que no encontraron competencia fueron don Benito, el profesor de Marieta, y Pachorro, el vago. Don Benito fue jubilado nada más llegar a Chis para impedir que pudiera maleducar a más niños, con lo que pasó a ser el único jubilado de la isla. Pachorro se encontró con que Blas, el vago de Chis, «trabajaba» para el rey Manolo; así que él se convirtió en el único vago «oficial» de la isla y no tuvo que luchar con nadie por el puesto.

Por culpa de la competencia, chisinos y garabisinos acabaron por no dirigirse la palabra. El zapatero de Garabís se peleó con el zapatero de Chis, el médico de Chis con el médico de Garabís, el sastre de Chis con el sastre de Garabís... Al final, cada uno prestaba sus servicios solamente a sus compatriotas.

Se llevaban tan mal chisinos y garabisinos que no pudieron seguir viviendo bajo el mismo techo. Los garabisinos pidieron permiso al rey Manolo para construir algunas casitas en las afueras del pueblo.

—Si construís ahí, quitaréis espacio a los huertos —objetó el rey Manolo—; pero, en fin, si para que discutáis menos hemos de comer menos... ¡Pues comeremos menos! Construid vuestras casas donde queráis.

Y eso hicieron los garabisinos.

6 ¿Cuántas son dos y dos?

No os penséis que con la construcción de las casas de los garabisinos en Chis se zanjó la cuestión. Todavía surgió un tercer problema entre los dos pueblos: el colegio.

Al principio, don Anselmo —recién apodado «el Gafotas»—, profesor de Chis, y Tizarrápida, profesora de Garabís, se repartieron los alumnos y daban clase a la vez en aulas distintas. Para que os hagáis una idea de cómo marchaban las cosas en el colegio de Chis, creo que bastará con esta escena, que pudo ocurrir en un día de clase cualquiera.

Don Anselmo preguntó a un alumno de Garabís:

—A ver, dos más dos.

—Cinco —respondió éste sin vacilar.

—Pero ¿será borrico? —exclamó don Anselmo.

—En Garabís, dos más dos son cinco

—insistió el alumno—. Lo dijo el rey Agapito.

—¡Y qué importa lo que diga el rey Agapito...! ¡Aquí y en todas partes, dos más dos son cuatro!

MIENTRAS TANTO, en la clase de al lado, Tizarrápida explicaba la batalla de Birlibirloque. Ésta fue la única batalla de la única guerra que había habido entre Chis y Garabís. Ocurrió hace muchos, muchísimos años, y nadie sabía por qué empezó ni cómo acabó. Lo único que se sabía seguro es que hubo un solo herido, a causa de una patada en la espinilla.

—... Entonces, los desleales luchadores de Chis rociaron con polvos picapica las filas de nuestros valientes muchachos —explicaba Tizarrápida con gran entusiasmo. Era la lección que más le gustaba de todo el curso.

Un niño de Chis cuchicheaba con su compañero en vez de escuchar la lección. Tizarrápida, haciendo honor a su nombre, apuntó con su tiza y le acertó en el brazo.

—A ver, charlatán, ¿quién ganó la batalla de Birlibirloque?

—Chis —respondió el niño al instante.

—¿Cómo que Chis? Fue Garabís.

—Pues don Anselmo dice que...

—¡Qué don Anselmo ni qué ocho cuartos! ¡Voy a aclarar esto ahora mismo!

Tizarrápida salió de la clase dando un portazo y entró en el aula de don Anselmo como un huracán.

—¿Es verdad que vas diciendo por ahí que Chis ganó la batalla de Birlibirloque? —Tizarrápida iba toda despeinada y tenía una expresión iracunda.

—¿Y que tú vas diciendo que dos y dos son cinco? —replicó don Anselmo, que no iba despeinado porque era calvo, pero que también estaba bastante iracundo.

—Entérate de que esa batalla la ganó Garabís —insistió Tizarrápida amenazando a don Anselmo con el dedo índice.

—Fue Chis.

—¡Garabís!

—¡Chis!

—¡Garabís!

Escenas como ésta se repetían todos los días. Mientras, los alumnos se tiraban tizas y bolitas de papel y lo pasaban pipa. Les daba igual quién hubiera ganado la batalla y lo que sumaran dos y dos.

PARECÍA que los niños eran los únicos que estaban a gusto desde que vivían juntos chisinos y garabisinos. Pero esta situación tampoco duró mucho. Pronto empezaron a fallar las cosas.

—Ha dicho mi padre que los de Garabís sois unos parásitos —dijo un día Felipe el Bollito, hijo de Simón el Migas, a Tornillo, hijo de Alcayata.

Tornillo le dio un puñetazo y Felipe se lo devolvió.

—¿Qué te ha pasado, Tornillo? —le preguntó su madre cuando el niño volvió de la escuela con un ojo morado.

—Me pegué con un chaval.

—¡Eso está muy mal!

—Dijo que los de Garabís somos unos parásitos.

—¡Ah! ¡Bien hecho, hijo!

En el colegio empezaron a oírse con frecuencia frases de este tipo:

—Dice mi padre que el tuyo es tan inepto que no distingue un sarampión de una miopía —comentó el hijo del médico de Garabís al hijo del médico de Chis.

—Dice mi madre que la música de tu padre hace rechinar los dientes a las piedras —dijo el hijo del músico de Garabís a la hija del músico de Chis.

—El otro día oí decir a mi madre que el pescado que vende tu padre está podrido —dijo el hijo de la pescadera de Chis al hijo del pescadero de Garabís.

Todas estas ofensas, y muchas más que no os cuento aquí para no aburriros, se resolvían a golpes. El resultado fue mucho más grave que el de la batalla de Birlibirloque: cuatro ojos a la funerala,

quince cardenales, una docena de arañazos, tres pantalones desgarrados y dos narices sangrantes, a repartir entre treinta niños y niñas, y en una sola semana. Calculad a lo que tocaría cada uno.

Don Anselmo y Tizarrápida decidieron tomar cartas en el asunto. Separaron a los niños de Chis de los de Garabís y cada uno se encargó de dar clase a los de su isla. Los niños sólo se veían a la hora del recreo. En ese tiempo jugaban siempre en bandos opuestos, y cada juego era como una guerra en pequeñito.

Así fue cómo, a causa de sus padres, los chicos de Chis y Garabís se declararon enemistad eterna.

7 *Agapito no tiene a quién mandar*

HABLEMOS ahora un poco de Marieta y Agapito, que los tenemos algo olvidados.

Lo primero que hizo Marieta, como princesa de su isla deshabitada, fue inspeccionar minuciosamente el pueblo. Recorrió todas las casas, registró todos los rincones, sirvió copas a clientes invisibles en el bar, pintó en la pizarra de la escuela, amasó pan imaginario en la tahona... Pero pronto se cansó de las personas y las cosas imaginarias. Quería ver gente de carne y hueso. Estaba triste.

LO PRIMERO que hizo Agapito Caralarga, como rey de su isla desierta, fue enviar por medio de Leopoldo un mensaje al rey Manolo. El mensaje decía así:

Manolo, vil savandija,

Hesto ke meas hecho de rrobarme ha mis sudditos es huna traizión i de las gordas. No te perdono ni ha ti ni ha hellos. Diles que les mando hal hex-ilio i no kiero ke pongan hel pie en mi hisla. I tú tanpoco vengas.

Ke te zurzan,

Hagapito

P.D. Marieta i llo hestamos perfedtamente i no necesitamos tu humillante halluda, hasíke lla lo sabes.

COMO VEIS, el rey Agapito no demostraba gran afición por la ortografía. Su letra favorita era la hache, y la dejaba caer siempre que tenía ocasión, aunque no viniera a cuento.

LO CIERTO es que las cosas en Garabís no iban muy bien, dijera lo que dijera el rey Agapito. La despensa del palacio estaba tan vacía que hasta los ratones de Garabís emigraron a Chis. Además, ser rey de una isla deshabitada, aunque tenía la ventaja de dar muy poco trabajo, era bastante aburrido. Agapito se pasaba el día vagando por los pasillos de su sombrío palacio; ni siquiera podía comer, que era su distracción favorita. Marieta, en cambio, procuraba pasar el menor tiempo posible en palacio. Aquellas habitaciones tan vacías y tristes le daban escalofríos.

AL ATARDECER, el rey Agapito y Marieta tenían la costumbre de salir un rato al balcón de palacio. Primero miraban en silencio su isla. Ofrecía un aspecto tristísimo. En cuanto los habitantes de Garabís abandonaron sus casas, éstas empezaron a cubrirse con un polvo pardo proveniente de la tierra. El propio palacio de Garabís se fue volviendo parduzco. Parecía que toda la isla hubiera envejecido súbitamente y que las casas y las cosas durmieran un sueño muy profundo. Las únicas plantas que crecían en Garabís eran un montón de cardos y algunas malas hierbas que habían surgido en las proximidades de un pequeño manantial subterráneo.

Después de pasear un rato la vista por Garabís, Agapito y Marieta miraban un poco más allá, hacia Chis. Contaban las luces de sus casas a medida que se encendían, oían gritos, risas y canciones, veían el humo que salía por las chimeneas, y a veces llegaban hasta sus narices los olores de la cena.

Si entre estos olores la nariz de Marieta distinguía olor a macarrones, su comida favorita, la princesa no podía reprimir un suspiro.

—Seguro que Manolo estaría encantado de invitarnos a cenar —decía con un tono muy melancólico.

Y el rey Agapito replicaba:

—¡Jamás! Nunca aceptaré la caridad de un traidor. Además, no necesitamos nada. Yo no tengo hambre; ¿y tú? —y se cruzaba de brazos con expresión obstinada.

—Yo, un poco —contestaba tímidamente Marieta.

Pero el rey Agapito era tan orgulloso que prefería morirse de hambre a aceptar favores de nadie.

8 El distinguido deporte de la pesca

AFORTUNADAMENTE para Marieta, incluso un rey tan testarudo y con tantas reservas en la panza como Agapito empezó pronto a sentir apetito.

—Habrá que comer —se decía Agapito—. Pero para comer hay que buscar la comida, cocinarla... ¡Y eso es trabajar!

El rey Agapito consideraba que el trabajo era indigno de un rey. Un rey sólo podía reinar, nunca ensuciarse las manos para ganarse el pan. ¿Cómo solucionar aquel dilema? Pues muy fácil: llamando al trabajo diversión. Agapito se convenció a sí mismo de que buscaba comida por distracción, cocinaba por entretenerse y comía por capricho, y no por hambre, porque el hambre es cosa de pobres.

Se levantaba una mañana y decía a Marieta:

—Hoy se me ha antojado una sopa de piedras con tomillo.

Y otro día:

—Me muero de ganas de hacer un revuelto de malas hierbas.

O:

—Me apetece cocinar unas algas a la marinera.

Se iba por su isla a buscar los ingredientes y lograba una comida deliciosa. Pero, de todas formas, ni el jugo de las piedras ni las hierbas eran alimentos muy nutritivos.

—¿Por qué no pescamos sardinas para comer? —sugirió un día Marieta a su padre—. ¡El mar está lleno de ellas!

Vosotros os preguntaréis: ¿Y por qué Marieta dice «sardinas»? ¿Es que en el mar no hay también merluzas, chanquetes, lenguados, boquerones y miles de peces más? Puede que sí, pero desde las costas de Chis y Garabís nadie había logrado pescar más que sardinas, vaya usted a saber por qué.

Al rey Agapito la idea de pescar sardinas no le hizo muy feliz.

—¿Un rey pescando? —exclamó—. ¡Y un jamón! Me verían desde todo Chis.

—No digas «jamón», papá, que me da mucha hambre —protestó Marieta.

—Perdona, hija.

—Pues la pesca es un deporte muy distinguido —insistió Marieta, que no tenía un pelo de tonta—. ¿Qué más te da que te vean pescar desde Chis?

—Mmmmm... —gruñó el rey Agapito.

¿Tú crees? Está bien. Mañana probamos.

A la mañana siguiente, cuando el sol miró hacia Garabís, se encontró con que el rey Agapito y su hija llevaban ya un buen rato sentados a la orilla del mar con sus cañas. Pero pasaba el tiempo y no ocurría nada. Marieta se aburría como una ostra.

En cambio, el rey Agapito, a su lado, silbaba alegremente el himno nacional de Garabís. De pronto sintió un tirón en el extremo del hilo de su caña.

—¡Ha picado! —exclamó mientras recogía el hilo a toda velocidad—. Realmente es un deporte muy distinguido —comentó momentos después, contemplando satisfecho la sardina plateada que pendía del extremo de su caña.

Desde aquel día, el rey Agapito y Marieta empezaron a comer sardinas a todas horas. De vez en cuando, Marieta se observaba minuciosamente la piel para comprobar que no le habían salido escamas plateadas.

9 Todo Chis está lleno de nata

Y sin más incidentes dignos de mención, el tiempo siguió pasando (como es su obligación). Corría el mes de enero. Una mañana, jueves por más señas, Marieta se levantó muy temprano de la cama. Se asomó por la ventana y miró hacia Chis.

¡Oh! ¡No podía ser cierto lo que veían sus ojos! Se los restregó con fuerza y volvió a mirar. ¡Era cierto!

—¡Papá! ¡Papá!

Marieta corrió al cuarto de su padre, que dormía beatíficamente, y le tiró de la manga algo harapienta del pijama.

—Papá, todo Chis está lleno de nata. ¡Por todas partes! Ven a verlo.

El rey Agapito se levantó como un sonámbulo y Marieta le llevó a rastras hasta la ventana. El rey abrió un ojo y miró hacia Chis. Luego, abrió el otro ojo y exclamó:

—¡Atiza! ¡Es nieve!

Tuvo que explicar a Marieta lo que era

la nieve, porque don Benito nunca le había hablado de ella. En Chis y Garabís los inviernos eran muy suaves y nevaba rara vez. El rey Agapito sólo recordaba haber visto nevar en una ocasión en Garabís.

—Entonces era un niño más o menos como tú —le explicó a Marieta—. ¡Cómo lo pasé aquel día!

Luego, se quedaron los dos mirando la blanca isla de Chis. El pueblo se estaba despertando. Los niños habían salido a la calle y se arrojaban bolas de nieve. Y no sólo los niños; también los mayores. Desde la ventana se les veía muy pequeñitos, pero se escuchaban sus gritos y risas.

—¡Mira, Marieta! —exclamó de pronto el rey Agapito—. Allí, en el embarcadero, hay una manchita blanca. ¡A lo mejor es nieve!

Esta vez fue el rey quien arrastró tras de sí a Marieta en pijama y zapatillas.

En efecto, un puñadito de nieve, traído por el viento, había caído en el embarcadero de Garabís. El rey Agapito lo cogió, lo amasó y tuvo justo para hacer una buena bola. Sin pensarlo dos veces, se la lanzó a Marieta en plena cara.

—¡Ay! —Marieta dio un respingo—. ¡Qué fría! ¡Ahora verás!

Recogió la bola del suelo y se la tiró a su padre, acertando en su todavía enorme barriga.

El rey Agapito se la devolvió:

—¡Toma esto!

«¡Pof!», hizo la bola en la rodilla de Marieta.

—¡Uy! —dijo Marieta—. ¡Me las pagarás, rey barrigón!

«¡Paf!»

—¡Has fallado! ¡Ahora verás lo que es bueno!

«¡Plof!»

—¡Dame si te atreves!

«¡Puf!»

Con tanto ir y venir, la bola se iba haciendo más y más pequeña, hasta que al fin desapareció.

—¿Dónde se ha metido? —preguntó intrigada Marieta, buscándola por todas partes.

—Ahí —el rey Agapito señaló una manchita de humedad en el pijama de Marieta.

Se dejaron caer los dos al suelo. Estaban rendidos. Desde que la isla quedó desierta, nunca se habían reído tanto. Si con un puñado de nieve uno lo pasaba tan bien, ¡cómo sería en Chis, donde uno tenía toda la nieve que deseaba! Marieta levantó la cabeza hacia la isla vecina. Ya no se veía a los niños. Estarían en el colegio aprendiendo montones de cosas que ella no sabía. ¡Seguro que era la princesa más ignorante del mundo! Y la que más se aburría. Y la que más sardinas comía.

Estuvo cavilando un rato estas cosas y otras por el estilo, con tanta intensidad que se le arrugaron la frente y la nariz.

—Papá —dijo por fin.

—Qué.

—Quiero ir a la escuela de Chis.

Agapito Caralarga estuvo callado un rato —también se le arrugaron la nariz y la frente— y luego suspiró muy fuerte.

—Está bien, Marieta.

10 Un trapecio y otras calamidades

AQUELLA noche, Marieta casi no pudo pegar ojo. ¡Iba a ir a la escuela!

Se levantó tempranísimo. El rey Agapito le preparó un desayuno a base de sardinas revueltas. Mientras le peinaba la trenza, le dio los últimos consejos:

—No olvides que eres una princesa. Mantén las distancias. Sé muy educada, pero no admitas faltas de respeto. Recuerda siempre que tú eres la que mandas. Ahora, vámonos.

—¡Espera! —exclamó Marieta.

Salió corriendo y volvió con una cartera de colegio.

—¿Qué se lleva en la cartera? —preguntó a su padre.

—Puesss... —el rey Agapito dudaba—. Supongo que libros, lápices y esas cosas.

—No tengo ningún libro —dijo Marieta muy preocupada.

Ahora fue el rey Agapito el que desapareció, para volver enseguida con un libro titulado «Cocina para principiantes».

—Supongo que éste servirá —dijo. Y lo metió en la cartera de Marieta.

Desde el embarcadero hicieron señas a Leopoldo, el barquero, que estaba en el muelle de Chis. Leopoldo llegó en un periquete, muy extrañado, pues hacía mucho tiempo que nadie salía o entraba en Garabís.

—Desde hoy llevarás todos los días a la princesa Marieta a la escuela —dijo el rey Agapito, contentísimo de poder dar de nuevo órdenes a alguien.

El rey dio un beso a Marieta y se quedó pensativo viendo cómo se alejaba su hija en la barca. Luego, empezó a pensar de qué modo cocinaría aquel día las sardinas.

EL PRIMER DÍA de colegio de Marieta, Tizarrápida estaba en la cama con gripe, por lo que don Anselmo tuvo que ocuparse de todos los alumnos. Por suerte para él, durante la batalla de nieve del día anterior los niños de Chis y Garabís habían decidido hacer las paces, o por lo menos una tregua. Aquello de pelearse continuamente tuvo su gracia los primeros días, pero habían descubierto que a la larga era más divertido llevarse bien.

Marieta llegó en plena clase de geometría.

—Los ángulos de un triángulo suman... —estaba diciendo don Anselmo. Y luego, al ver a Marieta parada en la puerta—: Niña, llegas tarde.

Marieta recordó las enseñanzas de su padre y replicó:

—No soy una niña. Soy la princesa Marieta. ¿Cuál es el sitio que me han reservado? Será en la primera fila, ¿no?

Los niños miraron a Marieta entre divertidos y asombrados. Se oyeron risitas.

—¡Ssss! —ordenó don Anselmo, que estaba algo desconcertado. Luego, se encaró con Marieta—: ¿Cómo que reservado? ¿Te crees que esto es un hotel? Anda a sentarte en el sitio de Che, en la última fila. Me temo que hoy ha vuelto a hacer novillos...

Marieta estaba ofendidísima, pero le asustó la cara iracunda de don Anselmo y decidió obedecer. El profesor siguió su clase normalmente, hasta que, al cabo de un rato, se volvió a acordar de Marieta.

—A ver, la niña nueva —dijo don Anselmo.

—Princesa —corrigió Marieta, orgullosa.

—Sal a la pizarra y pinta un trapecio

—dijo don Anselmo pasando por alto la corrección de Marieta.

Marieta no había oído hablar en su vida de tal cosa. Se puso colorada. ¿Cómo se atrevía ese insolente profesor a ordenarle una cosa que no sabía hacer? ¡Quedaría en ridículo delante de toda la clase!

—No quiero —respondió.

No se oía el vuelo de una mosca. Las cejas de don Anselmo parecían cada vez más negras, espesas y amenazadoras. Los alumnos se taparon disimuladamente las orejas, esperando la reacción del profesor, que, cuando se enfadaba, gritaba como un energúmeno. Pero, por aquella vez, don Anselmo se contuvo.

—Princesa Marieta, tiene usted un cero —cuando don Anselmo trataba a algún alumno de «usted», es que la cosa iba en serio—. Ahora póngase en ese rincón cara a la pared, haciendo compañía al príncipe Nicolás. Como ve, no es usted el primer alumno de sangre real al que tengo que castigar.

Mientras el empollón de la clase salía a la pizarra a pintar el trapecio, Marieta se colocó cara a la pared al lado del príncipe Nicolás. Nicolás visitaba ese rincón muy a menudo, y se podía decir que era el principal consumidor de ceros de toda la clase.

La princesa estaba muy intrigada. Dio

un codazo a su compañero de castigo y le preguntó en voz baja:

—Oye, ¿qué es un cero?

—¡Pues qué va a ser! Un cero es un cero, un número.

Resulta que Marieta jamás en su vida había oído hablar del cero. Don Benito en sus clases nunca lo había mencionado.

—Y ¿cuánto vale? —insistió Marieta con curiosidad.

—Pues cero, nada.

—Vaya tontería —gruñó Marieta entre dientes—. ¡Que me parta un rayo si entiendo algo!

A la hora del recreo, los niños salieron corriendo como salvajes y se pusieron a jugar en varios grupos. Marieta se moría de ganas de jugar con ellos, pero... ¿cómo iba a pedirlo? ¡Era una princesa! Y decidió actuar como una princesa.

Se acercó a un grupo de chicos que jugaban a las canicas.

—Os concedo el honor de jugar conmigo —les dijo.

Los chicos se miraron entre sí con cara de pensar «ésta está chiflada».

—¿Habéis oído qué raro habla? —comentó uno.

Y se echaron todos a reír.

Colorada como un tomate, Marieta se fue a conceder el honor de jugar con ella a un grupo de chicas que saltaban a la comba. Pero, al parecer, a éstas también les pareció demasiado honor. En otras palabras: la mandaron a paseo.

Lo mismo pasó con otro grupo que jugaba a policías y ladrones y con los que jugaban a saltar a pídola.

Furiosa y avergonzada, se refugió en un rincón del patio.

El príncipe Nicolás, que llevaba un rato observándola, se le acercó.

—Así no se hace —dijo riñéndola, al tiempo que meneaba la cabeza—. La frase que debes usar es «¿puedo jugar?». Si no, no conseguirás nada.

—¿Pedir permiso yo a esos mocosos? Jamás. Antes me muero de aburrimiento.

—Pues peor para ti, princesa orgullosa. No voy a perder el tiempo convenciéndote —repuso Nicolás—. ¡Adiós!

Y se fue corriendo a jugar a las canicas.

AL ACABAR las clases, Leopoldo devolvió a Marieta a Garabís en su barca. El rey Agapito la estaba esperando con la mesa puesta.

—¿Qué tal en el colegio, Marieta? ¿Te han tratado bien?

—El profesor me ha ordenado cosas y me ha puesto un «nada» en su cuaderno, los chicos se han burlado de mí y no he jugado con nadie.

—¡Qué desfachatez! —rugió el rey Agapito—. No volverás a ese maldito colegio.

—Si yo quiero volver... —dijo Marieta.

—Pero te llevarán la contraria, te disgustarás...

—Está bien que le lleven a uno la contraria —Marieta no se rendía tan fácilmente—. Además abre mucho el apetito.

Y se zampó una sardina.

El rey Agapito no entendía nada. Sólo sabía que por una vez alguien había llevado la contraria a su hija... ¡Y Marieta estaba alegre como unas castañuelas!

11 ¿Puedo jugar?

LOS primeros días de colegio no fueron fáciles para Marieta. Durante las clases coleccionó una buena cantidad de ceros, por impertinente. Durante los recreos se quedaba sentada en un rincón, con su cara más altiva, esperando que los niños se acercaran a ofrecerle jugar con ellos.

Pero los niños ni soñaban en acercarse.

—¿Habéis visto cómo nos mira por encima del hombro? ¡Le va a dar tortícolis!

—¡Y cómo arruga la nariz! Como si oliéramos mal...

—Pues hablando de oler... ¿Habéis notado cómo huele a sardinas?

Enseguida encontraron un mote para ella: la «princesa Tiesa», e inventaron una cancioncilla que cantaban tapándose la nariz en cuanto Marieta se acercaba:

Haced una reverencia
que aquí viene Su Excelencia.
¡Caray, qué chica tan fina,
y es reina de las sardinas!

Marieta apretaba los dientes y aguantaba. Ya sabía, por su padre, que una princesa no puede llorar en público.

HABÍA OTRO PERSONAJE que solía quedarse sentado en el patio durante el recreo. Era Che, un chico moreno de aspecto desaliñado. Se llevaba bien con todos los demás alumnos, pero eso de correr y saltar era demasiado cansado para él; por algo era hijo del vago de Garabís. Lo único que no le daba pereza en este mundo era observar, pensar y hablar. Sus pupilas negras no estaban quietas ni un momento.

En las horas de recreo, Che había observado a Marieta con atención. Por fin, un día, se decidió a hablar con ella.

—Vamos a ver si muerde —se dijo a sí mismo en voz baja, sentándose al lado de Marieta.

—¡Hola, princesa!

—¡Hola! —respondió Marieta, contenta de poder hablar con alguien.

—¿Qué haces que no juegas con los demás? —preguntó Che.

—Son juegos estúpidos —mintió Marieta—. Me aburren.

—Ya. ¡A mí me vas a venir con esos cuentos...! Te he estado observando estos días. Lo que te pasa es que eres tan orgullosa como tu padre y esperas a que vengan aquí a rogarte —Che no tenía pelos en la lengua—. ¡Pues ya puedes esperar sentada!

—¡Déjame en paz! —dijo Marieta muy colorada—. Todo eso es mentira.

—Yo nunca digo mentiras —repuso muy serio Che—. Incluso cuando no hay que decir la verdad, se me escapa. Te apuesto lo que quieras a que no eres capaz de acercarte a esos chicos y pedirles permiso para jugar.

—¡Claro que soy capaz! —chilló Marieta—, pero no me da la gana.

—Te apuesto un requetecrí a que no eres capaz.

—¡A que sí! —exclamó Marieta, que no tenía ni la más remota idea de lo que era un requetecrí.

—¡A que no!
—¡A que sí!

Por suerte para ella, Marieta era tan testaruda como orgullosa. De un salto se puso en pie y se plantó frente a los chicos que le había indicado Che.

Los chicos dejaron de jugar y miraron asombrados a la princesa Tiesa, que se había parado frente a ellos con los ojos cerrados y los puños apretados. ¿Qué mosca le habría picado?

—Puedo... —en este punto, Marieta se

quedó atrancada—, ¿puedo jugar? —soltó al fin de sopetón, abriendo los ojos.

—Claro —respondieron los chicos.

—Pero yo elijo el juego —dijo Marieta con voz repipi.

Los chicos la miraron enfadados. ¡Ya lo había estropeado todo!

—Pero ¿qué se habrá creído ésta...?

—Vas a jugar con tu abuela...

—A ver, ¿y a qué quieres jugar? —interrumpió Nicolás, que estaba en el grupo, intentando arreglar las cosas.

Marieta se quedó callada. De pronto se dio cuenta de que sólo conocía juegos para una persona porque siempre jugaba sola.

—¿Cómo se llama este juego? —preguntó por fin.

—Tula en alto —dijo un chico con pecas.

—Pues a eso precisamente quiero jugar —dijo Marieta triunfante.

Cuando se apaciguaron los ánimos, tuvieron que explicarle el juego de pe a pa.

—¿Lo has entendido? —preguntó el príncipe Nicolás al final de la explicación.

—Sí.

—¡Pues quien vino pagó el vino! —gritó una chica.

Y todos echaron a correr para que Marieta los persiguiera.

Como no estaba acostumbrada a este tipo de juegos, Marieta era bastante torpona y todos lograban esquivarla. Pero a Marieta no parecía importarle. Se reía y daba traspiés como un pato mareado.

—¡Si seré tonto! —se dijo en voz alta Che desde su rincón—. Y ahora ¿con quién voy a charlar yo?

12 Los reinventos de Agapito

EL día en que Marieta aprendió a pedir permiso para jugar, sus compañeros, y ella misma, se dieron cuenta de que la princesa Tiesa era una chica simpática, y sobre todo muy charlatana. Lo de charlatana debía de ser porque tenía muchas ganas de hablar atrasadas. No paraba un momento. Hizo un montón de amigos en Chis.

Con tantas amistades, la dieta de Marieta mejoró notablemente. Sus compañeros sabían que en Garabís no había apenas qué comer, y a menudo traían comida de sus casas:

—Toma esta hogaza de pan, a cambio de los problemas que me dejaste ayer —decía uno.

—Mi padre ha hecho un bizcocho y te he traído un trozo —decía otro.

Cuando volvía a casa cargada de pan, fruta y golosinas, el rey Agapito se enfadaba mucho.

—No aceptamos caridad de nadie —decía.

—No es caridad —aseguraba Marieta—. Son regalos.

Y no tardaba en convencer a su padre, que se moría de ganas de hincar el diente a la hogaza de pan.

Por la tarde, Marieta explicaba a su padre lo que había aprendido en clase, porque al rey Agapito le parecía muy mal que su hija supiera más que él. Luego, hacían juntos los deberes, aunque el rey se solía hacer el remolón un rato primero.

Para el rey Agapito, la tarde con Marieta pasaba volando; pero la mañana, solo en su isla, se le hacía eterna, aunque inventara nuevas recetas de cocina y practicara el distinguido deporte de la pesca.

Por eso, una mañana, decidió meterse a inventor. La mañana de su primer invento se le pasó tan rápida que no tuvo tiempo ni de preparar la comida.

Cuando Marieta llegó del colegio, su padre la esperaba ocultando algo tras la espalda.

—Tengo una sorpresa para ti, Marieta —y extendió la mano con el regalo—. Lo he inventado yo —explicó muy ufano—. Lo llamo «madrugador». Es un reloj que hace ruido por la mañana a la hora de levantarse. Así no llegarás tarde al colegio.

—Pero, papá —dijo Marieta—, eso ya está inventado. Se llama despertador.

—Vaya —dijo el rey Agapito muy alicaído.

—No importa. Es muy bonito. Y muy útil. Muchísimas gracias.

Al día siguiente, al regresar de la escuela, Marieta volvió a encontrar a su padre con las manos a la espalda.

—Otra sorpresa, Marieta. Hoy he inventado los «rodadores».

Y le mostró un par de patines.

—Son preciosos, papá. Pero también están ya inventados. Se llaman patines.

El rey Agapito no perdía la esperanza de inventar algo nuevo. Pero estaba tan desconectado del mundo que siempre «reinventaba» algo ya inventado. En un mes reinventó la «cazuela hermética» (olla a presión), la «asombradora» (sombrilla), el «mascable eterno» (chicle), el «palo melodioso» (flauta) y el «lanzapiedras» (tirachinas).

Marieta contemplaba aquellos inventos apenada. ¡Qué buen inventor sería su padre si lograse inventar algo no inventado...!

13 Los inventos de Pachorro

Un día, durante el recreo, Che se acercó a Marieta.

—Lo prometido es deuda —le dijo—. Aquí tienes el requetecrí que te aposté.

Le extendió una cajita de madera del tamaño de una caja de cerillas.

—¿Para qué sirve? —preguntó intrigada Marieta, intentando abrirla por alguna parte.

—¡Ah! Ése es el problema de los inventos de mi padre. Nunca sirven para nada. Éste suena como un grillo cuando das unos golpecitos en la madera. ¿Ves? —Che dio unos golpecitos en la caja.

«Cricricricricricri», dijo la caja.

—Entonces claro que sirve para algo —exclamó Marieta—. En Garabís ya no hay grillos. Lo pondré por las noches en mi ventana para que suene. ¡Qué estupendo! ¿Y dices que tu padre es inventor?

—Sí —respondió Che—. En sus ratos libres, que son muchos, inventa cosas inútiles.

—Mi padre también es inventor, ¿sabes? —dijo Marieta—. Bueno, mejor dicho, es reinventor. Siempre inventa cosas que ya están inventadas. Eso le tiene muy deprimido al pobre.

—Mi padre, en cambio, inventa cosas tan inútiles que a nadie se le ha ocurrido inventarlas antes —explicó Che—. Pero eso de que no sirvan para nada también le tiene algo frustrado.

—Oye, sería estupendo que mi padre y tu padre se conocieran, ¿no?

—Me temo que ya se conocen —repuso Che—. Recuerda que nosotros somos de Garabís. Y por lo que he oído decir a mi padre, el tuyo no le cae muy simpático.

—¡Oh! —fue el comentario desilusionado de Marieta.

En ese momento miró hacia Garabís y vio que su padre le hacía señas desde la isla con un gran pañuelo amarillo que sostenía en la mano derecha, mientras ocultaba la mano izquierda tras la espalda.

—¡Adiós, Che! —gritó Marieta, corriendo ya hacia la barca de Leopoldo—. Mi padre me llama. Debe de tener un nuevo reinvento para mí. ¡Muchas gracias por el requetecrí!

Che se quedó dándole vueltas en la cabeza al comentario de Marieta: «Sería es-

tupendo que tu padre y mi padre se conocieran...».

PACHORRO, el padre de Che, era un tipo
bastante pintoresco. Consideraba que trabajar era una absoluta pérdida de tiempo.

—Mientras uno trabaja —explicaba a
menudo a su hijo Che—, se está perdiendo
un montón de cosas que están puestas sobre la tierra gratis, como son el sol, el
mar, la luna, las estrellas, los animales,
las plantas, las charlas con los amigos, el
dormir a pierna suelta, el soñar des-
pierto...

Como veis, eran tantas cosas que uno
no podía perder ni un minuto trabajando
si quería disfrutarlas todas. Cuando Pachorro necesitaba algo y no tenía dinero
para comprarlo, simplemente lo pedía a
sus amigos. Como era un hombre simpático y alegre que siempre tenía algo divertido que contar, nunca faltaba quien le in-
vitara a comer o a tomar una copa, y eso
era todo lo que Pachorro necesitaba.

Cuando las cosas se ponían feas, o había que hacer en su casa algún gasto ex-
tra, Pachorro no tenía más remedio que
trabajar un poquito. Entonces se dedicaba
a reparar todo aquello que anduviese estropeado en Chis.

Lo que más le gustaba a Pachorro en este mundo, después del sol, el mar, las estrellas y todas esas cosas que he dicho antes, era inventar. Pero, al mismo tiempo, sus inventos eran el único pesar de Pachorro. Cada invento suyo era motivo de guasa en el pueblo durante una semana. A Pachorro no le importaba que se rieran de su aspecto desaliñado, que le llamasen gorrón, o tener que hacer un rato el payaso para que le invitaran a comer, pero eso de que se rieran de sus obras le hacía mucho daño.

¿Que qué cosas inventaba Pachorro? Os pondré unos cuantos ejemplos: un jarabe para que las gallinas pusieran huevos de colores, una silla con cosquillas, un pegamento para colas de lagartijas, una bicicleta para ir marcha atrás... La verdad, yo no veo que sea cosa de risa.

AQUEL DÍA, al volver del colegio, Che se encontró a su padre enfrascado en un nuevo invento, haciendo extraños esquemas en un papel. Pachorro levantó un momento la cabeza:

—¿Otra vez has ido a la escuela, Che? Te encuentro muy raro últimamente. Hace por lo menos dos semanas que no haces novillos.

Che se sonrojó. Ahora, cada vez que hacía novillos, Marieta le soltaba un sermón sobre la importancia de la educación. No se sabe si por ahorrarse el sermón o porque éste hacía su efecto, el caso es que últimamente Che no faltaba nunca a la escuela e incluso se estaba volviendo casi aplicado.

Che se sentó frente a su padre y empezó a dar vueltas a una idea en su cabeza.

—Papá —dijo al fin—, ¿sabes que el rey Agapito también es inventor?

—¿Inventor ese manirroto? ¿Ese atolondrado, gordinflón, tirano, vanidoso, ridículo, orgulloso, majadero... —a Pachorro ya no se le ocurrían más adjetivos— aprendiz de rey? ¡No me hagas reír!

Che se dio cuenta de que la conversación no iba por buen camino y decidió intentarlo de otra forma.

—¿Sabes, papá? Le he regalado a la princesa Marieta el requetecrí que inventaste. Le ha gustado mucho —Pachorro no hacía caso, ensimismado en sus garabatos—. Dijo que además de bonito es muy Ú T I L —insistió Che diciendo esta última palabra muy alto y muy despacio.

Pachorro saltó como si le hubiese picado una avispa.

—Vaya, vaya —exclamó esponjándose de satisfacción—. Eso sí que no me lo habían dicho nunca.

—Ella tiene muchas ganas de conocerte

—continuó Che—. Quizá tú podrías ir a...

—Pues que venga cuando quiera, hombre —atajó Pachorro, echando por tierra el segundo intento de Che de llevar a su padre a Garabís.

Pero Che no se daba por vencido fácilmente. Al cabo de un par de minutos, volvió a la carga.

—Papá.

—Mmmm —gruñó Pachorro, distraído, mientras pensaba: «¿Qué le pasará hoy a este hijo mío, que parece que le han dado cuerda?».

—¿Tú no echas de menos Garabís?

—Pues claro que sí —Pachorro suspiró—. Mucho.

—Entonces, ¿por qué nunca hemos vuelto? ¿Por la prohibición del rey Agapito?

—¿Prohibirme algo a mí ese majadero, ese papanatas, ese bola de grasa de Caralarga...? No he vuelto porque no me ha dado la gana.

—¡Ah, eso ya es más razonable! —dijo Che en tono burlón.

Pachorro se puso colorado y empezó a farfullar:

—Pues ahora que lo dices, no sé por qué no he vuelto, porque me dejé allí una llave inglesa y mis zapatillas de andar por casa. Y me gustaría ir de visita aunque sólo fuera por fastidiar a ese gusano, merluzo, vanidoso, glotón...

—¡Bien! —interrumpió Che—. ¿Cuándo vamos? ¿Mañana?

—¿Te crees que soy tonto, Che? ¿Qué estás tramando? ¿Te crees que no me he dado cuenta de que llevas toda la tarde tomándome el pelo? Pues bien, te saliste con la tuya. Vamos a Garabís; pero ¿por qué esperar hasta mañana? ¡Ahora mismo!

—¡Glub! —Che tragó saliva muy asustado. Si por lo menos hubiera podido preparar un poco el terreno... Así de golpe... ¡Aquello iba a ser un desastre!

Pero su padre ya le había cogido de la mano y avanzaba dando zancadas por el pueblo, ante la mirada atónita de los vecinos, que nunca habían visto a Pachorro con prisas.

14 El rey Agapito tiene visita

EL rey Agapito estaba pescando en el embarcadero de Garabís, mientras Marieta le tomaba la lección.

—Fatal, papá, fatal. Si no fueras mi padre, te pondría un cero.

—¡Demonios! —farfulló de pronto el rey señalando con el dedo la barca de Leopoldo, que se acercaba con Che y Pachorro a bordo.

El rey Agapito no tardó en reconocer a Pachorro:

—¿Qué vendrá a hacer aquí ese inútil, ese parásito, ese vago redomado, ese gorrón, ese carota, ese...?

Marieta, a la espalda de su padre, comenzó a hacer señas desesperadas a Che para que dieran media vuelta y regresaran a Chis, pero Che se limitó a encogerse de hombros como diciendo «no hay nada que hacer».

Al poco tiempo, la barca estaba en la orilla de Garabís.

—¡No te atrevas a poner los pies en esta isla, Pachorro! —bramó el rey Agapito.

—¿Cómo dices, rey de pacotilla? —preguntó Pachorro poniéndose la mano en la oreja al tiempo que saltaba a tierra.

—¡A mí la guardia! —exclamó el rey Agapito, pero al instante recordó que no tenía guardia—. ¿Es que no recuerdas que te envié al exilio? —preguntó entonces a Pachorro.

—No se dónde queda el exilio, así que no he podido ir —respondió Pachorro—. Además, esta isla me pertenece tanto como a ti y pongo el pie en ella cuando me da la gana. De todas formas, sólo he venido a saludarte y a recoger mi llave inglesa —dijo Pachorro echando a andar hacia su casa.

Al oír esto, el rey Agapito se puso pálido:

—¡Ah! ¿Entonces era tuya...? —dijo con voz muy débil—. No lo sabía... La tomé prestada y... digamos que está algo deteriorada...

—¿Conque ésas tenemos, eh? —exclamó Pachorro cruzándose de brazos con aspecto amenazador.

En ese momento intervino Marieta, intentando calmar los ánimos:

—¿Sabes, papá? Este señor es el que inventó el requetecrí.

—¿Ah, sí? —dijo el rey Agapito con súbito interés. Había pasado horas inten-

tando descubrir el mecanismo del requetecrí sin conseguirlo.

—¡Eh! No cambies de tema. Estábamos
discutiendo sobre mi llave inglesa —protestó Pachorro.

Por fin, el rey Agapito y Pachorro se
fueron al sótano de palacio, donde Agapito hacía sus reinventos, en busca de la
llave inglesa que el rey había «tomado
prestada». Pachorro prometió que cuando
se la devolviera le explicaría el mecanismo del requetecrí.

Pasaba el tiempo y no regresaban. Marieta y Che, que esperaban en la playa,
empezaron a preocuparse. ¿Se estarían
peleando otra vez? Corrieron hacia el palacio. Mientras bajaban las escaleras del
sótano, oyeron la voz del rey Agapito:

—¡Admirable! ¡Estupendo! —excla-
maba.

—No es para tanto... —decía la voz de
Pachorro—. Lo tuyo del circuito conec-
tado a los pedales tampoco está mal.

—¿Y qué te parecería poner aquí un sis-
tema de poleas para elevar el cubo hasta
la tubería B?

—¡Colosal! No se me había ocurrido.

Che y Marieta se miraron aliviados. Al
final su plan no había resultado tan de-
sastroso.

Che y su padre se quedaron aquella noche a cenar sardinas con Agapito y Marieta. Agapito y Pachorro parecían amigos

de toda la vida. Era ya tarde cuando los invitados embarcaron hacia Chis. Pachorro llevaba en la mano la llave inglesa toda retorcida y hecha una pena. Prometió al rey Agapito que volvería al día siguiente.

PACHORRO volvió a Garabís al día siguiente y al otro, y al otro, y al otro... Todas las mañanas, Agapito y él se encerraban en el sótano del palacio de Garabís.

En toda la isla se oían martillazos y ruidos extraños y de vez en cuando salían volutas de humo de colores de la chimenea de palacio. Marieta empezó a echar en falta numerosos objetos de la casa: primero desapareció un grifo en la cocina, luego una mesa, más tarde un sillón verde con flores rojas, el favorito del rey Agapito, después un par de cazuelas... Marieta estaba muy intrigada.

La amistad del rey Agapito y Pachorro era algo curiosa. A menudo, entre los ruidos extraños que salían del sótano, se oían las voces de los dos inventores.

—¡Especie de parásito! ¿Es qué no tienes orgullo, vergüenza ni dignidad? —decía la voz del rey Agapito.

—¡Y tú, saco de vanidad, pavo orgulloso! ¿No te puedes comportar como una persona normal?

—No soy una persona normal. ¡Soy un rey!

—Eres un engreído. Y no te olvides de lo que hiciste con mi llave inglesa.

Por suerte estas discusiones solían ser muy cortas, y después los dos se volvían a llevar a las mil maravillas..., por lo menos los siguientes diez o quince minutos.

15 ¡Menudo artefacto!

EN Chis soplaban malos vientos. Desde la llegada de los garabisinos, se había reducido la superficie de los huertos y se había doblado el número de bocas que alimentar. Además, como ya no había bosque ni ganado en Garabís, la isla de Chis tuvo que empezar a comprar leche, carne y madera a los reinos de Oste y Moste, y éstos pusieron los precios por las nubes.

El rey Manolo se pasaba el día haciendo cuentas; el cofre que contenía el tesoro público de Chis se iba vaciando de forma alarmante.

El rey puso sobre aviso al parlamento:

—Chisinos y garabisinos: preparaos para tener menos leña este invierno, comer menos carne, más sardinas y menos leche. Si los precios de Oste y Moste siguen así, en poco tiempo seremos tan pobres como el rey Agapito —lo que era igual a decir más pobres que las ratas.

Después de oír las palabras del rey, chisinos y garabisinos, que últimamente habían hecho una tregua en sus discusiones, volvieron a pelearse y a echarse la culpa unos a otros de su desgracia.

—¡Tranquilos! ¡Tranquilos! ¡No seáis brutos, caramba! —rogó el rey Manolo retorciéndose las manos—. Saldremos adelante.

Y luego pensó: «Saldremos adelante, sí... Pero ¿cómo? ¿Comiendo sardinas? ¡Uuug, qué asco!».

Al rey Manolo no le gustaban nada las sardinas.

UNA TARDE, como tantas otras tardes, Marieta y Che jugaban al ajedrez en la cocina del palacio de Garabís.

De pronto llegó hasta los dos niños una especie de alarido de felicidad:

—¡Yuupiiiii! ¡Está terminado!

Era la voz del rey Agapito.

Che y Marieta bajaron al sótano a toda velocidad y encontraron al rey y a Pachorro dando saltos de alegría alrededor de un extraño artefacto.

—¿No es bonito? —preguntó el rey Agapito, contemplando embelesado su invento.

Los niños pensaron que «bonito» no era

la palabra adecuada para nombrar aquel cacharro, aunque se guardaron mucho de decirlo.

Así, a primera vista, parecía una especie de elefante hecho con restos de todas las cosas imaginables: cazuelas, cañerías, cuerdas, un trozo de verja, una mesa, una cafetera, un molinillo, dos toneles... Una enorme tubería metálica hacía las veces de trompa del elefante. El «lomo» estaba coronado por la butaca favorita del rey Agapito, a la que habían adosado unos pedales.

—Ayudadnos —dijo el rey Agapito, impaciente—. Tenemos que sacarlo de aquí.

Por suerte, el artefacto tenía cuatro ruedas en la base, pero aun así costó Dios y ayuda sacarlo del sótano, y tardaron más de media hora en llevarlo a la orilla del mar, que era donde, según sus inventores, le correspondía estar.

Una vez allí, el rey Agapito introdujo la «trompa» de la máquina en el agua, y le dijo a Pachorro que se subiera en su sillón a pedalear.

—¡Ja! —fue la respuesta de Pachorro—. ¿Y por qué voy a pedalear yo? Hazlo tú, que eres el dueño del sillón.

—Ni hablar. Yo soy el rey. ¿Has visto alguna vez un rey pedaleando en un sillón? Además te lo ordeno.

—A mí nadie me ordena nada. ¡Yo hago

lo que me da la gana! ¡Y acuérdate de mi llave inglesa!

Por fin decidieron echarlo a cara o cruz, pero como nadie tenía un fling en el bolsillo, tuvieron que acabar echándolo a pares o nones. Perdió Pachorro. Mientras se encaramaba en el sillón, seguía rezongando:

—Que conste que me has hecho trampa, lo hago por no discutir.

Cuando Pachorro se puso a pedalear, la máquina tembló, vibró, bramó, crujió y echó humo.

—Creo que ya es bastante —jadeó Pachorro al cabo de un ratito, bajando del sillón. No había estado tan cansado en su vida.

El rey Agapito abrió el grifo que se encontraba en el lado opuesto de la «trompa» y de él empezó a salir agua. El rey llenó con ella un vaso y se lo acercó a Marieta muy solemnemente.

—Bebe —ordenó.

Marieta obedeció mientras todos la miraban conteniendo la respiración. Encontró en el agua cierto regustillo a sardinas; pero de sal, ni gota.

—¿Qué, qué tal? —preguntó el rey Agapito con un hilo de voz.

—¡Buenísima! —gritó Marieta abalanzándose sobre su padre con tanta fuerza que casi lo tiró al suelo—. ¡Eres un genio! —decía mientras se lo comía a besos.

—¡Bravo! ¡Bravo! —Che casi lloraba de alegría y daba volteretas sobre la arena.

El rey Agapito, por su parte, se subió en su sillón estampado y empezó a pedalear como un loco.

16 Todo el mundo a trabajar

EL rey Agapito no sabía si la máquina para quitar la sal al agua marina era un invento o un reinvento, pero tampoco le preocupaba. Ahora tendría agua para regar; tendría, con el tiempo, un bosque y quizá... ¡Quizá hasta volviera a tener súbditos!

HUBO GRANDES discusiones entre Pachorro y Agapito a causa del nombre que deberían dar a la máquina desaladora. Finalmente todo el mundo acabó llamándola «el trasto», nombre con que la bautizaron Marieta y Che. Una vez bautizada, los flamantes inventores empezaron a hacer planes para el futuro. Tenían mucho trabajo por delante.

Primero había que remover toda la tierra, que estaba tan seca y dura que no permitiría que los tallos y las raicillas de las nuevas plantas se abrieran paso a través de ella.

Luego habría que fertilizarla, porque, además de agua, las plantas necesitan una tierra rica para crecer.

Después tendrían que obtener semillas en algún lado.

También tendrían que modificar el trasto, porque, por el momento, hacerlo funcionar era cansadísimo: para poder regar un huerto pequeñito había que estar pedaleando una hora entera.

Pachorro y Agapito incorporaron al trasto más asientos y más pedales, para que pudieran pedalear más personas a la vez y sacar así más agua.

Pero para todas esas cosas hacía falta ayuda. Muchas manos dispuestas a trabajar y pies dispuestos a pedalear.

—Los niños de Chis y Garabís nos ayudarán —sugirió Che—. ¡Seguro!

Y no se equivocó. Cuando se enteraron del asunto, aceptaron encantados. Ellos fueron además los encargados de conseguir las semillas. Se dedicaron a recolectar los huesos de toda la fruta que se comía en Chis.

Fueron días de mucho trabajo para los niños, el rey Agapito y Pachorro. Sí, habéis leído bien: también Agapito y Pachorro trabajaron, aunque sin dejar de rezongar ni un momento. Entre todos removieron la tierra de arriba abajo, la fertilizaron, hicieron canales para el riego y, por último, plantaron todos los huesos que habían traído de Chis. Luego, se dedicaron a esperar.

Las plantas se desarrollaban tan deprisa que si uno las miraba con atención, podía verlas crecer. Y eso hacía Marieta. Todas las tardes se sentaba en la tierra a observar, e incluso tomaba notas en un bloc de lo que iba pasando, para luego informar a los niños de todo: «Luisa, tu níspero se levanta ya por lo menos dos dedos del suelo». «Víctor, le ha salido una hojita a tu manzano». «No, todavía no da señales de vida tu naranjo...».

—LO ÚNICO que siento es no haber podido plantar una semilla «mía» —dijo Marieta en cierta ocasión a su padre, al ver que cada niño estaba pendiente de sus propias semillas.

El rey Agapito se preguntó dónde podría encontrar una semilla en Garabís que no fuera de cardo borriquero. De pronto se dio un capón en la frente:

—¡Ya está! —exclamó—. ¡El cofre del rey negro!

El rey cogió a Marieta de la mano y la llevó escaleras arriba hasta el trastero de palacio. Marieta nunca había estado allí. El trastero siempre estaba cerrado con llave porque al rey le daba mucha tristeza visitarlo. Allí se guardaba todo tipo de objetos pertenecientes a la época de esplendor de Garabís. En un rincón, cubiertos de polvo, se apilaban todos los caprichos de la reina Matilde: su abrigo de oso polar, su apolillado traje de ala de mariposa... Al rey Agapito se le escapó una lágrima.

—¡Uf! —dijo sonándose estruendosamente con su pañuelo—, con el polvo me pican los ojos.

Luego, abrió un arcón colosal que contenía los regalos de todos los invitados que habían pasado por Garabís. Ante la mirada estupefacta de Marieta desfilaron cajas de puros, alfombras, candelabros, bandejas, estatuas, jarrones y todo tipo de objetos que el rey Agapito iba tirando por los aires sin ningún cuidado.

Por fin sacó un diminuto cofre de madera labrada, que le había regalado hacía ya muchos años el rey de un pequeño país africano. Lo abrió y extrajo de su interior un saquito en el que se leía: «Kuolulo, árbol de la luna». Del saquito extrajo un puñado de semillas.

—Corre a plantarlas, Marieta. Igual están ya muertas, pero nunca se sabe.

Marieta apretó en un puño las semillas

que le tendía su padre y bajó las escaleras como un rayo.

Agapito se quedó sentado en el suelo del trastero, contemplando todos los recuerdos de sus «tiempos felices». Luego, se dijo: «Vamos, Agapito, no te pongas melancólico. Los de ahora también son, a su manera, tiempos felices». Se sacudió el polvo, salió del trastero, cerró la puerta con llave y tiró la llave por la ventana.

17 El kuolulo

MARIETA se desvivía por sus recién plantadas semillas. Les daba doble ración de agua y les echó fertilizante suficiente para hacer crecer una piedra. Pero las semillas no brotaban.

—Probablemente son demasiado viejas —explicó Agapito a Marieta.

Pero Marieta no perdía la esperanza y seguía regándolas todos los días.

UNA MAÑANA, como tantas otras, Marieta se despertó con el ruido del «madrugador» fabricado por el rey Agapito. Bostezó, se estiró y, cuando se disponía a saltar de la cama, echó de menos el rayito de sol que a esa hora solía entrar por la ventana para caer directamente en su nariz. Toda la habitación estaba extrañamente oscura.

—¿Estará nublado? —se preguntó Marieta.

Pero no podía ser. Hacía años que no pasaba ni una nubecilla sobre el cielo de Garabís...

Marieta se acercó a la ventana y comprobó que una enorme sombra se cernía sobre el palacio, y oyó un murmullo como de voces sobre su cabeza. Levantó la vista y vio unos tentáculos balanceándose amenazadoramente sobre ella, como si quisieran atraparla por el cabello. Retrocedió de un salto. El corazón le latía como un tambor.

Luego, se armó de valor y volvió a asomarse a la ventana muy despacio. No eran tentáculos, ¡eran ramas! El terrible monstruo era sólo un árbol. O mejor dicho: ¡era ni más ni menos que un árbol! Y era tan gigantesco que Marieta no podía ver dónde terminaba. Sus ramas estaban cubiertas de grandes hojas rojizas, y aquí y allá colgaban los frutos, una especie de plátanos morados. La brisa movía las ramas y las hacía susurrar al oído de Marieta. Parecía que el árbol hablase.

MIENTRAS TANTO, el rey Agapito dormía plácidamente en la habitación contigua. De pronto sintió que algo le hacía cosquillas en la nariz. Se rascó entre sueños, dio un bufido y siguió durmiendo. Pero ese algo insistía, y el rey no tuvo más remedio que despertarse. Una gran rama de árbol entraba por la ventana y le hacía cosquillas en la nariz.

—Estoy soñando —gruñó el rey Agapito, y se dio media vuelta para seguir durmiendo.

En ese momento entró Marieta en su habitación, muy excitada:

—¡Papá, ven a ver, ven conmigo!

Tirándole de la chaqueta del pijama, lo llevó a la puerta de palacio. Muy cerca de allí se alzaba el gigantesco árbol, que cubría con su sombra todo el palacio de Garabís.

Marieta y Agapito miraron hacia arriba intentando adivinar dónde acababa la copa del árbol, pero no lo lograron. Tenía un tronco tan grueso que harían falta por lo menos cinco hombres dándose la mano para abarcar su perímetro.

¿De dónde había salido? ¿Quién lo había traído? ¿Cuándo había brotado? ¿Qué clase de árbol era?

—No es un manzano —observó Marieta.

—Ni un peral —dijo Agapito.

—Ni un chopo, ni un limonero...

—Ni un níspero, ni un cocotero...

—¡Albricias! ¡Ya lo tengo! ¡Las semillas del rey negro! —exclamó de pronto Marieta.

—Entonces, ¿es un kuolulo? —preguntó Agapito.

¿Qué otra cosa podía ser? De todas formas, el rey Agapito recordó que en su biblioteca, que visitaba tan pocas veces como el trastero, tenía una «enciclopedia exótica». Fue corriendo a mirar en el volumen de la «K».

—Aquí está —exclamó el rey Agapito, señalando el nombre impreso en una hoja amarillenta—. «Kuolulo o árbol de la luna: árbol tropical caracterizado porque sólo crece a la luz de la luna llena. En buenas condiciones, brota en una sola noche hasta alcanzar dimensiones gigantescas. Su madera es resistente, flexible y de excepcional calidad. Sus frutos, morados y de forma aplatanada, despiden un olor delicioso y saben a gloria. Al ser podado, el kuolulo vuelve a desarrollar las ramas cortadas en la siguiente noche de luna llena. Si tiene usted un kuolulo, ¡enhorabuena!».

El rey Agapito cerró de golpe el libro.

—Vaya, es la primera vez que una enciclopedia me felicita —fue todo lo que se le ocurrió decir.

18 La fiesta del kuolulo

Los habitantes de Chis no tardaron en darse cuenta de la existencia del kuolulo. Era tan grande que se veía desde cualquier punto de la isla.

Los niños esperaban impacientes que llegara Marieta a la escuela y les explicara el milagro. La princesa llegó tarde a clase, y estaba tan nerviosa que Tizarrápida acabó enviándola al rincón.

En el recreo se vio envuelta por un remolino de niños. Marieta les explicó todo lo que sabía sobre el kuolulo y los invitó aquella tarde a Garabís, en nombre del rey Agapito, a celebrar su nacimiento.

La fiesta fue sonada. Aún hoy, cuando se habla en Garabís de algo divertido, se suele decir que «es tan bueno como la fiesta del kuolulo».

Como fin de fiesta, Agapito invitó a los niños a probar los kuolulos, los frutos del kuolulo, que según la enciclopedia «sabían a gloria».

—Pues a mí me huele a sardinas —comentó un niño husmeando un kuolulo.

—Y a mí me sabe a sardinas —dijo una niña masticando un pedacito de kuolulo.

El rey Agapito y Pachorro se miraron apesadumbrados. Al parecer, regar con agua marina tenía sus inconvenientes.

Pero los dos amigos no tuvieron ni siquiera tiempo de deprimirse. En ese momento, una ráfaga de viento hizo volar por el aire los kuolulos y la corona del rey Agapito. El cielo se oscureció súbitamente; luego, un relámpago iluminó la isla, seguido por el fragor de un trueno.

Empezó a llover.

¿Que qué día era? Jueves, claro.

¿QUÉ FUE lo que hizo que nuestra nube de los jueves provocara la lluvia sobre Garabís? Ahora veréis.

Nuestra nube de los jueves se acercó, como siempre, a Chis dispuesta a formar una buena llovizna. Pero, cuando estaba sobre la isla, se dio cuenta de que allá abajo chisinos y garabisinos discutían a grito pelado. El rey les acababa de comunicar que tenían una deuda con Oste de doce mil flings, y en el cofre del tesoro quedaban sólo siete monedas.

—¡Es culpa de los garabisinos! —protestaba un chisino.

—¡Que se vayan! ¡Estamos hartos de ellos! —gritaba otro.

—¡Desagradecidos! Hemos trabajado como negros en vuestra isla y así nos pagáis! —protestaba un garabisino.

—¡Fuera! ¡Que se vayan!

—¡Calma! —suplicaba el rey Manolo—. Hablando se entiende la gente...

Pero aquéllos no eran ya gente. Parecían más bien una manada de salvajes.

«¡Eso sí que no! —se dijo la nube, indignada—. Esta isla no se merece mi lluvia. Me voy a otra parte. Pero ¿adónde? No tengo mucho tiempo. Mis gotas se están haciendo gordas y pesadas... ¡Ah! Voy a visitar la isla de ese atolondrado de Agapito, a ver cómo van allí las cosas.»

Como tenía mucha prisa, la nube pidió al viento que le diera un empujoncito y llegó a Garabís en un soplo.

—¡Ah! Esto me gusta más —comentó en voz alta al ver el montón de niños que hablaban y reían en Garabís—. Parece que Agapito se está reformando. ¡Allá voy!

Fue entonces cuando se oyó el estruendo del trueno, y la nube justiciera volcó la lluvia sobre Garabís con todas sus ganas.

LOS NIÑOS, el rey Agapito y Pachorro miraron al cielo asombrados.

—¡Llueve! —gritó el rey tirando su recién recuperada corona al aire—. ¡Llueve! —volvió a gritar levantándose de la silla—. ¡Llueve, llueve, llueve! —seguía gritando mientras hacía cabriolas como un saltimbanqui y se reía a carcajadas.

—Creo que he vuelto a inventar una inutilidad —se dijo Pachorro tristemente—. ¿Para qué sirve una máquina desaladora si hay lluvia? —pero enseguida se le alegró la cara—. ¡Qué diantres! —exclamó—. ¿Vamos a comparar la hermosura de la lluvia con ese artefacto?

Y levantándose de su silla, empezó a hacer cabriolas junto con el rey Agapito. Creo que fue la primera vez que los dos hicieron cabriolas en su vida. El rey Agapito porque hacer cabriolas no era digno de un rey, y Pachorro porque era demasiado vago.

Los niños de Chis se reían al ver el espectáculo de aquellos dos, que parecían haberse vuelto locos. Pero los niños de Garabís lo comprendieron bien: cuando se fue la lluvia de la isla, empezaron todos los problemas. Si la lluvia volvía, ¡quizá los problemas terminaran! ¡Tal vez podrían regresar a sus casas! ¿No era ése motivo suficiente para brincar?

Y los niños de Garabís empezaron a brincar también bajo la lluvia.

Y los niños de Chis, contagiados de la

alegría de los demás, empezaron también a bailar.

Y la nube de los jueves, contenta de ver aquellas figurillas que giraban cogidas de la mano y cantaban y reían, mandaba más y más lluvia.

NATURALMENTE, desde la isla de Chis también se oyó el estruendo del trueno con que se inició la lluvia en Garabís. Sólo entonces sus habitantes, que habían estado ocupados intercambiando insultos, se dieron cuenta de que la nube de los jueves había pasado de largo y dejaba caer su lluvia en la isla vecina.

Al instante dejaron de discutir, cabizbajos y avergonzados.

—La hemos hecho buena —musitó el rey Manolo—. ¡Quién sabe si después de nuestro comportamiento la nube querrá volver por aquí!

—La culpa ha sido mía —se reprochó Simón, el panadero—. Yo fui el que empezó la discusión.

—No. Yo soy el culpable —replicó Alcayata—. Yo le dije a Fermín que era un cabeza de chorlito.

—No. La culpa es mía —dijo Nata, la lechera.

—No. Es mía —dijo otra voz.

—No. Mía.

—¡Qué va! ¡Es mía!

Y todos se acusaban a sí mismos. Estuvieron a punto de volver a discutir para decidir de quién era la culpa, como si, en vez de algo malo, la culpa fuese una golosina.

—¡Bueno! —exclamó Mocasín—. ¡La cosa es discutir por algo! Está claro que la culpa es de todos. Lo único que podemos hacer es esperar al próximo jueves a ver si llueve.

Los habitantes de Chis comprendieron que Mocasín tenía razón. Mansos como corderitos, se fueron cada uno a su casa deseando que fuera ya el jueves siguiente.

AL ANOCHECER, llegaron todos los niños de la fiesta del rey Agapito en la barca de Leopoldo. Estaban empapados y contentos.

—¡Mamá! ¿Has visto cómo ha llovido en Garabís? —preguntó uno a su madre.

—Sí, hijo, sí —contestó la madre distraídamente.

—¡Papá! ¡El rey Agapito y Pachorro han inventado una máquina desaladora fenómena! —exclamó otro.

—Ya, ya —respondió su padre con el tono que ponen los adultos cuando no se creen lo que dice un niño ni les importa.

—El rey Agapito ha dicho que podemos volver a vivir en Garabís cuando queramos, ahora que ha vuelto la lluvia —dijo un niño de Garabís, ya metido en su cama.

—Sí, sí —le contestó alguien con la voz que ponen los adultos cuando hacen que te escuchan pero están pensando en sus cosas.

Pero ocurrió que, en una de las casas, un garabisino escuchó a un niño y además le creyó, y aquel garabisino salió a la calle gritando:

—¡Podremos volver a Garabís! ¡Podremos volver a casa!

Y todos los habitantes de la isla salieron a la calle en pijama, mientras los niños, desde sus camas, pensaban: «¡Pues vaya descubrimiento! Si eso es lo que llevo yo media hora diciéndoles...».

19 ¡Que llueva, que llueva...!

LA gente mayor de Chis y Garabís se pasó la semana siguiente mordiéndose las uñas. Los de Garabís esperaban impacientes a que el rey Agapito les ofreciera regresar a su isla. Los de Chis esperaban que llegara el jueves para ver si llovía o no llovía.

Y llegó el jueves, y ese día todos pudieron dejar de morderse las uñas.

Por la mañana, muy temprano, llovió sobre las dos islas, como en los viejos tiempos. Si los habitantes de Chis y Garabís hubieran estado más atentos, probablemente se habrían dado cuenta de que nuestra nube de los jueves, que normalmente era gris, aquel día estaba totalmente colorada. El motivo era que su jefe, un enorme nubarrón negro, le había echado un buen rapapolvo: se había enterado de que la nube se tomaba la justicia por su mano y provocaba la lluvia donde le daba la gana, en vez de seguir el programa establecido. El nubarrón echó rayos y centellas y le dijo que como dejara de llover un solo jueves sobre Chis o Garabís, la destinaría al Sahara, lo que para una nube viene a ser como cuando al héroe de una película le mandan a Siberia a hacer trabajos forzados.

EN CUANTO la avergonzada nube rebelde descargó su lluvia sobre las dos islas, Agapito, al que como ya sabemos le gustaba mucho el protocolo, escribió una carta al rey Manolo para pedir oficialmente el regreso de sus súbditos. Manolo recibió la carta mientras desayunaba en compañía de la reina Andrea. Se puso las gafas, pringándolas todas de mantequilla, y leyó:

> Manolo,
> Aora que parece que la lluvia a vuelto de veras a Garabís y encima tengo una máquina desaladora y un kuolulo, creo que ya estoy en condiciones de ofrecer a los antiguos abitantes de Garabís una vida digna. Todos los que vuelvan serán bien recibidos. Esta tarde daré una fiesta de bienvenida, a la que estáis invitados chisinos y garabisinos.
> Te saluda,
>   Agapito

P.D. Sé que en Chis tenéis problemas monedarios —Agapito quería decir monetarios—. Si necesitas algo, no tienes más que pedirlo.

COMO VEIS, gracias a las clases de Marieta, la ortografía del rey Agapito había mejorado mucho, aunque había cogido manía a la «h», que antes era su letra favorita, y no la había puesto ni una sola vez.

Y no era sólo la ortografía del rey Agapito lo que había mejorado.

—¡Caramba! —fue el primer comentario del rey Manolo—. ¡Cómo ha cambiado este Agapito! Hay que reunir al pueblo —y empezó a vociferar—: ¡Blaaas, Blaaas!

—No te molestes —dijo la reina Andrea—. El pueblo está ya bastante reunido.

En efecto. De alguna forma, los isleños se habían enterado del contenido de la carta antes que el rey. Estaban todos reunidos en el muelle, los de Garabís con el equipaje preparado. Se oía protestar a Leopoldo:

—¡Ya estoy harto! Emigrantes por aquí, niños por allá... Ni en los mejores tiempos ha habido tanto trasiego entre Chis y Garabís. Y yo ya estoy viejo. ¡Hoy no me mueve nadie! Además, es mi día de permiso.

—No refunfuñes, Leopoldo —dijo el rey Manolo acercándose al embarcadero—. Tendrás tu día de permiso. Y vosotros —dijo dirigiéndose a los garabisinos—, ¿a qué tanta prisa? El rey Agapito ha dicho que os recibirá esta tarde.

—¿Tan tarde? —exclamaron a coro los garabisinos, que se morían de ganas de volver a pisar su tierra.

—¿Tan tarde? —exclamaron también los chisinos, que se morían de ganas de celebrar una fiesta.

LOS ADULTOS de Chis y Garabís se volvieron a morder las uñas esperando que llegara la tarde de aquel jueves.

En cambio, para los niños, Agapito y Pachorro, el tiempo se fue volando. Todos ellos participaron en la preparación de la fiesta. Llevaron a la plaza todas las mesas que encontraron en Garabís y las unieron formando una mesa inmensa. Pescaron montones de sardinas, recolectaron cardos, algas y hierbas, y prepararon la merienda: sardinas asadas, licor de algas y diez toneles de helado de cardos borriqueros.

Y así, para unos muy deprisa y para otros muy despacio, pasó el tiempo y llegó la hora de la fiesta.

20 La fiesta de los perdones

A las seis de la tarde estaban en Garabís todos los invitados. Para ello, la barca de Leopoldo tuvo que hacer once viajes, todos ellos con Leopoldo a bordo, porque el barquero prefirió renunciar a su día de permiso antes que poner su querida barca en manos extrañas.

El rey Agapito se había puesto su traje de gala, que estaba un poco arrugado y olía a naftalina. Su corona, recién lustrada, despedía chispas a la luz del sol. Lástima que estuviera tan abollada.

De todas formas, cuando se presentó en la mesa del banquete, a sus súbditos les pareció que estaba elegantísimo, y le aplaudieron a rabiar.

El rey Agapito estaba muy emocionado, aunque intentó ocultarlo, porque un rey nunca debe mostrar sus sentimientos. Cuando todos los invitados se sentaron a la mesa, tosió un poco y sacó del bolsillo un papel enorme y arrugado. Le temblaban las manos.

El rey empezó a leer con voz vacilante:
—Queridos isleños de Chis y Garabís: este tiempo de sequía me ha servido para darme cuenta de que antes no reinaba como es debido, y de que por mi culpa ocurrieron todos los desastres que ocurrieron. Aunque soy un poco cabezón, por fin he llegado a la conclusión de que no tengo ningún derecho para impediros la entrada en una isla que es tan vuestra como mía. Estoy hecho un bochorno por mi comportamiento— supongo que Agapito querría decir abochornado—. Si me dais otra oportunidad, intentaré hacerlo mejor...

En este punto, su discurso fue interrumpido por los gritos de los invitados:
—¡Bravo! ¡Hurra por Caralar..! Digo..., ejem...
—¡Bieeen!
—¡Así se habla!
—¡Eh! No he terminado todavía —protestó débilmente el rey Agapito.

Todavía no había dicho ni la octava parte de su discurso. Pero había pasado ya por el trozo más difícil. Nadie sabía lo que le había costado al rey Agapito decir aquello. Hasta entonces, él siempre había pensado que los reyes nunca se equivocan, y si lo hacen, nunca deben confesarlo. Y, sin embargo, esta vez algo le había hecho cambiar de opinión.

De todas formas, a Agapito le gustaban los discursos largos, y en eso no había cambiado nada. Cuando se dejaron de oír los «bravos» y los «vivas», se dispuso a leer el resto del discurso.

Pero, en cuanto abrió la boca, Pachorro cortó por lo sano:

—¡Venga, Agapito! No seas pelma. Ya hemos oído lo que había que escuchar. Guarda el resto para otra ocasión.

—¡Pachorro! ¡Eres el último de mis súbditos! ¡La humillación de mi reino! —chilló Agapito, enfurecido.

—Te he dicho mil veces que no soy súbdito de nadie —replicó Pachorro—. ¡Yo soy libre!

—Tengamos la fiesta en paz —rogó el rey Manolo—. Dejad hablar a Mocasín. Creo que quiere decir algo.

Mocasín se había puesto de pie y se rascaba la oreja todo colorado.

—En... en nombre de los garabisinos... —tartamudeó el zapatero—, quisiera pedir perdón al rey Agapito por haber abandonado la isla en los momentos difíciles y agradecer a los de Chis su hospitalidad...

Simón el Migas, puesto también de pie, interrumpió a Mocasín:

—En nombre de los chisinos..., quisiera pedir perdón a los garabisinos por nuestro egoísmo e intransigencia...

—¡Ya está bien! —interrumpió Agapito—. Creo que Pachorro tiene razón: aquí hay demasiadas palabras para una fiesta. ¡Comed y divertíos!

Y eso hicieron todos. Bueno, todos menos el rey Manolo, que, como ya sabéis, no era muy aficionado a las sardinas y las miraba de reojo con expresión desconfiada. Además, no podía dejar de pensar en los doce mil flings que debía al reino de Oste. Lanzó un enorme y tristísimo suspiro.

El rey Agapito, que se sentaba a su lado, le dijo al oírle suspirar:

—Manolo, si estás preocupado por las deudas de tu reino, no tienes motivo. Estoy seguro de que el rey de Oste aceptará gustoso el trasto como pago de su préstamo.

—¡Caramba, Agapito! —exclamó el rey Manolo, asombrado—. ¡Tu mejor creación! ¡Darla así! No puedo aceptar.

Entonces Agapito confesó avergonzado que los frutos de todos los árboles regados por la máquina desaladora tenían gusto a sardinas. ¿Os imagináis una naranja con sabor a sardina? ¿O una pera? ¿O una castaña? Al oírlo, el rey Manolo estuvo riendo cinco minutos sin parar, y por fin aceptó el ofrecimiento del rey Agapito. Le daba algo de remordimiento engañar así al rey de Oste. «Pero, al fin y al cabo

—pensó—, quien roba a un ladrón tiene cien años de perdón».

Como fin de fiesta, la nube de los jueves, que había decidido trabajar doble para congraciarse con su jefe, volvió a sobrevolar las dos islas y obsequió con un buen remojón a los invitados del rey Agapito.

21 ... Y comieron perdices

LOS emisarios de Oste, al ver funcionar la máquina desaladora, la aceptaron al instante en pago de la deuda.

Cuando en Oste probaron la primera cosecha con sabor a sardinas, se pusieron como fieras, y enseguida se deshicieron de la máquina vendiéndosela a los de Moste. Cuando los de Moste probaron su primera cosecha con sabor a sardinas, también se pusieron como fieras, y se deshicieron del trasto regalándoselo al rey Agapito por su cumpleaños. De esta manera, Agapito pudo recuperar su sillón estampado, al que tenía mucho cariño.

AHORA EN GARABÍS, gracias al kuolulo, había madera para dar y tomar. Se puede decir que tenían un bosque en un solo árbol. El kuolulo creció tanto que empezó a invadir con sus ramas el palacio del rey Agapito, y éste y Marieta se tuvieron que ir a vivir a una casa como la de todo hijo de vecino. En el fondo, los dos se alegraron de poder abandonar aquel caserón triste y oscuro.

La enciclopedia no se equivocó: los siguientes frutos que dio el kuolulo realmente sabían a gloria. También los limones, las manzanas, las peras, las naranjas... de la nueva cosecha de Garabís empezaron a saber como Dios manda en cuanto los regaron con agua de lluvia. Por último, creció una hierba con sabor a hierba en la que pastaron vacas que daban leche con sabor a leche. En resumen: en Garabís, sólo las sardinas siguieron sabiendo a sardinas, y todo fue a las mil maravillas. También en Chis, al marcharse los garabisinos, se acabaron los problemas.

EL REY AGAPITO y Pachorro siguieron inventando. El último invento de que tengo noticia fue una corona indeformable que, con gran sentido práctico, regaló Pachorro a Agapito el día de su cumpleaños. Ya sabéis que al rey Agapito se le caía la corona cada dos por tres. La corona resultó tan indeformable que al caerse al suelo no sólo no se deformaba, sino que botaba como si fuera de goma, e iba dando tumbos por toda la isla, perseguida por su enfurecido dueño, que gritaba:

—¡Pachorro! ¡Ésta me la pagas! ¡Eres el último de mis súbditos!

Pachorro, tumbado a la bartola en la playa, se reía entre dientes.

Índice

EL BARCO DE VAPOR

SERIE NARANJA (a partir de 9 años)